偽所羅門書

不期然而然的個人成長史

木心作品集

1990年攝

中午，像農民那樣吃點麵包、奶酪
飲杯葡萄酒，佇立窗畔，坐落門階
紫褐的土壤，青翠的草地樹木
鄉間色調柔和，眼睛整日得以休息
偶有鴉啼數聲，除此別無擾音
烏鶇飛來啄食野枇杷，那是季節
我每日修剪山楂樹組成的藩籬
已剪了一半，心裡想着全部剪平
屋子下方坡面，八棵橡樹前年種的
該鬆鬆土，十月施糞肥，三月施鉀肥
當初周圍的村民聽說我播了橡實
指手劃腳嘮叨不休，無法阻止
如今我的橡樹每棵都長得好，很好
兩年來到六十厘米甚至七十厘米高了

手跡

編輯弁言

木心的文章總是空襲式的，上世紀八〇年代他的《瓊美卡隨想錄》、《溫莎墓園》、《即興判斷》……曾那樣空襲過台灣不同世代即使最挑剔的讀者。一如葉公好龍，神龍驟臨，讓我們驚駭、感激、困惑、羞慚……像舉手遮眉抬頭望向天際，這些穿透二十世紀的文明劫滅或藝術心靈墮壞的灰色長空，如自在飛花，卻又如旋風如光燄爆炸的詩句，究竟從何而來？

他像是來自遙遠古代的墜落神祇——在某個意義上說，木心的那個世界，那個精緻的、熠熠為光的、愛智的、澹泊卻又為美為精神性叩問而騷亂的世界，在他展開他那淡泊、旖旎的文字卷軸時，早已崩毀覆滅，「世界早已精緻得只等毀滅」——他像一個孤證，像空谷跫音，像一個「原本該如是美麗的文明」之人質。有時悲哀沉思，有時誠懇發脾氣；有時嘿笑如惡童，有時演奏起那絕美故事，銷魂忘我；有時險峻刻誚，有時傷懷綿綿。

我們閱讀木心，他的散文、小說、詩、俳句、札記，如織如梭，難免被他那不可思議廣闊的心靈幅展而顫慄。我們為其全景自由的洞見而激動而豔羨，為其風骨儀態而拜倒而自愧。他是結結實實的懷疑主義者；他博學狡猾如狐狸，冷眼人世，似與老莊、希臘賢哲、魏晉文士、蒙田、尼采、龐德、波赫士……在一穿過人類文明曠野的馬車，蹦跳恣笑、噴煙吐霧；卻又古典柔慈在童年庭園中，以他超前二十世紀之新，將那裏脅著悠緩人情，戰爭離亂，文明劫毀之前的長夜，某些哲人如檻中困獸負手旋室，卻一臉煥然的光景，像煙火燒燎成一個個花團錦簇的夢。

此次印刻出版社推出之「木心作品集」，是目前為止海峽兩岸木心文集最完整之版本，其中《詩經演》一部，應可一慰讀者渴慕之情。哲人已逝，這整套「木心作品集」的面世，對我們，或如漫遊一整座諸神棲止的嘸語森林，一部二十世紀心靈文明墮敗與掙跳，全景幻燈，摺藏隱喻於他翩翩詩句中的整齣《紅樓夢》。

目錄

輯四

輯五

輯六

以所羅門的名義，而留傳的箴言和詩篇，想來都是假藉的。喬托、但丁、培根、麥爾維爾、馬克・吐溫，相繼追索了所羅門，於是愈加迷離惝恍，難為舉證。最後令人羨慕的是他有一條魔毯，坐著飛來飛去——比之箴言和詩篇，那當然是魔毯好，如果將他人的「文」句，醍醐事之，凝結為「詩」句，從魔毯上揮灑下來，豈非更其樂得什麼似的。

二〇〇五年紐約

輯一

汗斯酒店

我又登鞍上程
已經快傍晚了
馬匹跑過很多路
我還想子夜時分
去叩老狄德里希的門
眼看黃昏漸漸臨近
六月的熱風迎面吹來

天邊有些閃電
野草的氣息流蕩
籬落間透出金銀花的芳馨
葉叢下飛著成群的細蠛蠓
可奈我頭頂穹隆的東南方
天鵝宮星座發射神聖豪釓
終於我望見蓋哈杜斯的田莊
策騎轉往樹林後的大道旁
通知酒店裡的汗斯・奧特遜
央他明天差個人進趟城
為我用小車取回漢堡的箱子
這樁最近要了卻的心事
只消敲一下窗扉就可說定的

螢火蟲惹我眼花撩亂
教堂巨大的黑影使馬兒吃驚
墓地的蛩聲低抑而繁密
生者死者都在安眠
到了酒店前的池塘邊
有那種燈光衝破霧氣照來
土提琴和木笛合奏清晰可聞

窺視和劫掠

人們多半向西眺望
觀賞沼澤地帶的蒼綠
遠處銀光閃閃的潮浪
伸得很長的黑濕島嶼
我的眼睛轉向北邊
一里遠的小教堂，尖頂
那裡地勢高爽而荒蕪

我童孩時期住過好幾年
當我涉水般地踏著沙路
穿過成排茂盛的紫丁香
就瞥見那老屋的山牆
我們到處搜尋玩物
主要的活動地區是牧場
憑男孩本能找到斑鳩的窩巢
找到後，幾次三番去探看
鳥蛋怎樣了，小雞怎樣了
周圍密匝匝的老椰樹椿
細心捕捉那種靈巧的黑甲蟲
我們叫牠「水中法國人」
用核桃殼的匣子蓋作艦艇

在廢置的船塢中激烈海戰
牧場上青春的歡樂與日俱增
貧瘠的沙土卻不繁榮樹木
只有岸壁間成堆成堆的花
金扣形的阡陌花，芳香撲鼻
此外，教堂司事的院落
我們劫掠了十分之一的蘋果

第六年呀

在幽暗的老教堂內漫步後回來
更覺得牧師夫婦的家宅可親
屋子誠然舊了，很有些年頭了
這位我同學的父親想另造新居
但司事們的住處也都歲久難修
以致滯延，概不經營——雖如此
舊屋子的各個開間實在舒適得很

冬住右廂小臥房，夏住左廂小臥房
牆上掛著宗教改革年鑑裡的圖畫
憑西窗放目，遠處有架風磨在轉
除此長空一覽無垠，時已畹晚
玫瑰色的霞光映得室內如夢似真
紫紅天鵝絨墊褥的靠椅靜待人坐
圓桌上白銅茶炊作聲細微悅耳
夜睡，心裡常會浮起一個念頭
這些房間那麼過去都是誰住的呢
到白天，就又讀尼波斯、西塞羅了
拉丁文學校在城裡，往返步行
沿路村莊相連，野花香氣襲人
蜜蜂和灰白的土蜂在枝葉中鬧鳴

金絲的甲蟲疾行於細長的嫩莖下
這裡有別處見不到的蝴蝶，很多
繞著含脂灌木的石楠款款而飛
我指的是週末，下午才這樣
我是男生九級制的第六年呀
該說到他了，我的同學，帥哥
他強壯，也曾被我一拳擊倒在地

諸聖瞻禮節

寂靜無聲
花園普承月光
樹頂勾出邊線
時而黑時而銀
小池塘整片亮閃
斜徑，乳白礫石
雲片絲絲縷縷了不久

散……溫明圓月
空氣和暖滋潤
枯葉在霉腐
一隻噴壺忘在平臺上
灌木枒杈中鳥雀鼓翅
如裙裾的窸窣
葉子從枝頭掉落
還剩菊花，金盞花
大麗亞逃過最後那場暴雨
沉重的朵兒俯垂著
風傳送凋零的花香
泥土香，雨水香
使人想起從前，年年秋天

諸聖瞻禮節
傴腰向青苔氣味的河面
叫喊自己的名字，聽回聲
掃墓，漫步在喬木林中
喧笑著尋找，尋找
總也找不著的蜜黃的
總有人會找著了的雞茸蕈

荷蘭畫派

我是初次來到這座臨近北海的城市
那寡婦委託我畫一幅拉撒路復活圖
她想藉之表示對亡夫的深切悼念
並且虔敬奉獻於本地最大的教堂
此圖將會掛在四使徒洗禮盆的壁端
市長先生派人傳言希望我為他作肖像
看來我在這裡哥哥的家中要住一段時間

市祕書處長期工作的哥哥還是單身漢
宅子很大前庭的兩棵菩提樹也比平常大
我倚窗而立透過枝隙眺望市場景色
人頭攢動直湧到市秤房旁邊教堂周圍
星期四是供鄉民們互相買賣的好日子
東村婦女多紅衫島嶼的姑娘裹頭巾
堆高的運糧車上坐著穿黃皮褲的農民
忽然聽到外面有人連聲呼叫我的名字
是城北教堂的司事他要找一位畫師
由於我很想把拉撒路像往後推遲時間
便允承司事的聘請而心中是這樣想的
哥哥家的現狀不合荷蘭畫派的規格
既如此用具當即就由教士的車子運走

翌日天宇湛藍迎著金色秋陽我樂於步行
村莊的尖頂教堂映入我眼裡愈顯得清楚
可以看出它是用異形花崗石緻密砌造的
其實我在寡婦家的大廳裡闢了個作場
已經將拉撒路的頭部塗好一層底色
寡婦要我把這個復活的人畫成她丈夫
她說他與我相像可以照我的面貌定形

汗斯・奧特遜

森林還沒落葉，我離去了
短期內平安抵達荷蘭首都
朋友們十分親熱地迎接我
話題一個比一個驚喜動人
由於凡・德爾・赫爾斯特的推薦
我上次留下的兩幅田野風景
賣了很高的價錢，尤有甚者

挪威著名漁商要我替他的女兒
行將嫁到海牙去的小女兒畫張全身像
尚未簽約，先送一筆優厚的酬金
畫完成，備受讚賞，我卻猝然倒下
人的眼睛看不到將要來的災禍
工作中沒有顧及早已虛弱的身體
臥床呻吟……聖誕節來臨
街頭的薄餅鋪子想必生意興隆
我四肢乏力，不勝接待賓客
嚴寒的冬季終於逝去，曲德海泛綠了
朋友們陪我上碼頭小館飲淡啤
不過旅行的事項倒是辦得很利索
從漢堡出發，乘的是皇家郵車

驛站雇馬，像昔日那樣覓路獨行
顯然的是不復有往年的充沛精神
鶯鳥和白頰鳥在林中婉啼
我沒有朝狄德里希的邸宅的方向走
儘管心跳得這麼厲害
拐了個彎，沿著林邊村落
來到汗斯・奧特遜酒店，會見他本人

老梨樹

於是，我又回到了我的故鄉
復活節後的第二個星期日
所有畫具和行李都留置城裡
沿著山毛櫸森林的大道
我徒步疾走，心情歡暢
柯葉間飛出小鳥掠過面前
牠們歇落於車轍深溝邊

享受飲水解渴的便捷
下了整夜的濛濛細雨
早晨還不停，林中陰影濃重
樹木稀疏處傳來畫眉的囀鳴
由於我在阿姆斯特丹訂件頗多
口袋裡揣著一張漢堡銀行的支票
思忖該怎樣恩謝我的保護人
不覺走出山毛櫸林帶而上直路了
木脂的芳香瀰漫周圍，榛葉作籬
沒多久，已至邸宅的鑄鐵大門前
我停步凝望，莊園管事的養蜂院
那老梨樹，嫩葉朝著天空閃光
保護人很看重我這次的歸來

晚餐甚精美，喝了不少酒
稟陳旅途見聞，使長者頻頻懷舊
「總督交給我四十名划手，我們航行著
彼等為我剹盡堪驚歎的膂勁臂力
單調的動作使青春囂騷的元氣得以鎮定
傍晚，我們進入那個運河縱橫的城市
由於它的褐色金色被稱作阿姆斯特丹」

輯二

艾倫

艾倫和我，緩緩舉步前行
沒有心思走路，不想交談
二人胸中激蕩著同一個意念
已經臨近離別的最後時刻了
如果來句笑話，戲謔他的姓氏
或者挖苦我的新服飾、新莊園
開不得口，開口眼淚就要落下

我們擇小路走上考司妥芬山
瞭望麓坡的村鎮，峰頂的城堡
不言而喻地立定了，是這裡了
好吧，再會吧，艾倫伸出手來
再會，我與他握手，大步走下山去
我們誰也沒有瞥一眼對方的臉
他還在我視線之內的時候
沒有回頭揮手，不知他是否望著我
當我來到西寇克，格拉斯瑪克特
熙熙攘攘的人群，陌生，麻木
在溝渠邊我突然坐下來，劇烈抽泣
正午，難聞的氣味，晃動的衣影
滿街成千上萬種無聊的小事

我只有艾倫，艾倫，一幕幕的艾倫
整個人冰冷，汗水自額頭涔涔而下
像是鑄成大錯後的莫贖的悔恨
孤單，恐慌，背誦著去尋找他的暗號
艾倫呵，沒有現在，我只有將來
一切幸樂都要由你賦予我的
別人給的都只能是平淡或淒苦

小神殿

每過一些時日
又想念那個神殿
愛琴海邊岩崖
岩崖低，神殿小小
干提亞南口崗哨似的
脈脈相視莫逆
海平靜，蔚藍

眾神不再有作為了
風亮堂堂地從海面掠來
掠過佚名的小神殿
四千年前這樣的風
臺階在想瑰瑋的腳
圓柱在想遒勁的背
風知之，予亦知之
風未能立未能臥
一停下來就不是風
我哂故我在
蔚藍平靜愛琴海
後來這小神殿被賣了
整個兒搬入大英博物館

配上假天假海的佈景片
噢，朋友，我的朋友
沒料到竟在這裡重見你
你弗再受日照風吹
我弗能撫摩圓柱躺在臺階上
你落得這樣的永恆
還不如我這樣不永恆的好

黎巴嫩

我們來到花園裡
樹蔭中緩步穿行
和風拂過我們的面頰
素馨花叢前的木椅，偎坐
月亮從薩尼露山後升起
黎巴嫩，像曲肱而橫陳的少艾
全身覆蓋輕紗，胴體若隱若現

自從大衛、所羅門逝去之後
黎巴嫩無聲無息了
剩下清香襲人的杉木林
雄偉而峭麗的高塔
廢墟和幽谷間的羚羊群
在這世界上，宏大的事物
都起源於或人的飄忽一念
金字塔，特洛伊城，由於
某個人驀然想要這樣做而做成
一點靈感產生了伊斯蘭的榮華
一句話燒毀了亞歷山大里亞圖書館
一絲眼波令我神思恍惚三晝夜
我們真的來到黃昏的花園裡

真的在樹蔭下並步而相偎
聖潔的神糧愈食愈飢餓
阿拉伯的蓋斯，意大利的但丁
他們食後五中如焚，軀肢融化
我愛你是因為突然感到你愛我
散居在貝魯特城裡的朋友們喲
沒能與我同見月亮從薩尼露山後升起

匈牙利

譬如說，我們以為他們穿的是
飾著鸚鵡羽毛的斑斕禮服
金銀花邊，錦緞鑲繡的披肩
那只是畫像，只是加冕典禮的行列
佐鮑爾伯爵或伽拉老爺，有時
也要去馬廄瞧瞧心愛的坐騎
到田隴上眺望剛萌芽的莊稼

鰥夫們盡找農家小屋串門兒
但凡這種場合他們都不穿鎖子甲
驃騎兵的短褂兒也亂脫亂丟
禮服，古時候也像現在一樣
即使有，也不真是十分貴重
往往接連三代穿同一件禮服上朝
胳膊彎子或別的什麼地方打了補丁
大貴族與小貴族服裝之區別
只在呢料的質地上見高低
大者，伊普爾呢、契咪列特
小者，富斯坦、多爾尼克、都爾奈
裁縫們不認為這種穿著合乎道理
試看日常衣衫，褲子，頭巾

幾百年豈不總是這個樣子
好比人們喜歡更換園中的花
從來不想要更換無邊的草地

快樂的傷兵

暮靄蒼茫，彌望白色營篷
篝火周圍盡是無言的士兵
輜重車輛聚作黑壓壓的大堆
馬嘶劃過長空，傳得很遠
一墩墩乾樹枝烈焰竄飛
上面烤著整條的牛腩
火光照亮了驃騎兵的勻稱身材

說是忙著，只不過抄手凝視篝火
牛油滴在火上嗶剝作響
烤肉的香味隨風送到附近村莊
驃悍勇士們剛吃了點什麼
就天旋地轉地舞將起來
本堂神父的那塊三葉草聖地
被踐踏得不像樣了，要彈跳麻利
舉腿要舉到靴尖碰著自己的鼻子
否則還算什麼出色的舞蹈家
指揮官的命令是：戰士必須休息
兵營鬧了個通宵，喝酒，叫嚷
唱歌，摔跤，打架
第二天早上統計傷兵

比以往歷次戰役之後還要多

兒時觀劇，印象最深的是戲臺上一片夜色，由近而遠的白色營篷，點點紅黃的篝火，我心裡充滿讚歎，恨不能預身期間，這是我最早感知的蒼涼之美——而西方曩昔戰地的景象又是那樣的狂放，也令人輸誠嚮往，火光映現驃騎兵漂亮的身材。明天，也許就捐軀沙場了。

尼羅河

冬夜渡船上仰觀天星，靜真是靜
風嚶，風冷得我不願叫它尼羅河
夏末黃昏落日鎔金兩岸蘆葦成陣
帆影儼似古代，清真寺熒綠燈火
不明何故我憊懶得如此厭世貪生
怎麼還呆在馬哈提的住家旅館裡
回教是限以植物圖案作徽飾的教

尼羅河是宜於療合情愛裂創的河
拉馬丹，我隨同斷食，勘證曆書
回曆太陽年須積八萬年始差一日
是故太陰年之歲首寒暑變化無定
白羊戌宮，金牛酉宮，雙子申宮
獅子午宮，室女巳宮，各卅一日
巨蟹未宮獨三十二日，天秤辰宮
天蠍卯宮，寶瓶子宮，雙魚亥宮
皆三十日，人馬寅宮，摩羯丑宮
俱二九日，是謂平年，凡三百六十五日
褪卸威嚴的阿拉伯長袍和頭巾吧
委屈重穿木強的煩瑣的時裝革履
別了，白尼羅青尼羅種種的瀑布

健康是最佳的痲木，我痲木而去
會記得夏末黃昏兩岸成陣的蘆葦
儼似古代帆影，寺廟燈火綠熒熒
我斜臥在 Felluca 中，三角小帆
回教是植物教，我是個植物詩人
那動物的情侶嗥叫著愈奔愈遠了
落日鎔金尼羅河載我流向地中海

開羅

剛到開羅廿四小時
已經失去了耐性，哦哦
羶腥濃烈充斥著每個角落
汽車吼叫，手提收音機轟響
垃圾，塵沙，這是麥司基大街
前面穿過賽德港街的幹道
那麼左方就是卡努哈里里集市

露天肉鋪掛著一排剛宰好的羔羊
除了頭部，皮都剝得光光的
上面打著代表政府的粉紅色鈐印
芒果在腐爛，羊內臟散發著惡臭
街上才屙的驢屎，急步閃避而走
草藥，香料，阿拉伯咖啡的芬芳
晴朗的天空一片灰濛濛
黃沙色的房屋都緊閉百葉窗
木車輪在礫石上隆隆而過
頭頂，樓與樓間掛著地毯，布幔
此時我已選得一只刻有聖甲蟲的護身符
頂端糞金龜子，背面西提一世法老銘名
老闆阿卜杜勒說：送給你，算是禮物

我大吃一驚，這是真品哪
不，不是的，因為是我兒子做的
用散了架的木乃伊骨頭來雕刻
把這護身符給火雞吃下去，過夜
從火雞肚裡拉出來——六千年了
我說，我承認我受過不少的騙
我的情人，都不及你的兒子厲害

那麼玫瑰是一個例外

岩岬留下夕陽餘暉
遠海已蒙起毿艷暮色
冬季漫長而剛過
風和水還是冰冷的
置身於屋前平臺
聽灣角漲潮的濤聲
應是水仙怒放的時節呵

纖細綠莖托著金黃穗頭
晚風中輕輕搖曳
草坪盡處的沙灘上
藏紅花，有淡紅深紅之別
迎春花生性粗魯
哪兒有縫隙就往哪兒長
風信子未到開花季候
觀賞風信子，最好是
正午十二點鐘去那裡散步
濃香醉人，帶點兒菸味
彷彿流著翠翠的辣汁
五月黃昏，如果循小徑而行
灌木葉真像在風中淌汗

拾一朵掉落在地上的杜鵑花
搓碎，奇馨滿掌直沁肺腑
腳下圓卵石的硬感，哦
不覺已走到了平靜的岸邊
那麼玫瑰是一個例外
野地玫瑰幾乎蓬頭垢面
採進屋裡，燈下，鬱麗而神祕

福迦拉什城堡的夜獵

熱鬧過後才安靜
秋深，赴此狩獵
白雪皚皚覓山羊
野豬成群衝下平川
橘樹葉中褐熊出沒
輕信的麅子來泉邊喝水
密林裡有大雷鳥和珠雞

熱鬧過後才安靜
號角無聲，趕獸人回家
飽受驚嚇的禽獸歸林入洞
或在積雪的山坡上喘氣
岩羚羊臨湖照自己的影子
我，特蘭西瓦尼亞督軍的
福迦拉什城堡的客人
督軍為西拉吉舉行盛大祝宴
因為他，suae aetatis oraculum fuit[1]
西拉吉唯一的名言，傾國傳誦
「真理雖然美好，強者卻不需要它」
在酒席上我舉杯高聲頌揚
偉大的智者西拉吉，他的金箴

雄猛而高貴，真理為強者所弗取
這句話呵，確是一項多麼美好的真理
夜深沉宴飲告終，散上陽臺
許多人圍住我，爭向道賀
「今晚你獵到了最大的野獸」
我說，熱鬧過後才安靜

1 拉丁文：「是當今的先知者。」

入埃及記

開羅小街窄巷
五色斑斕雜貨鋪
我不買什麼
喜歡看，看看
與金字塔相反的
零零碎碎日用品
埃及像爿露天的店

尼羅河，長長的市河
斯芬克斯大掌櫃哪
金字塔不是日用品
多麼令人幸災樂禍喲
亞述波斯希臘羅馬
阿拉伯土耳其，這些劫掠者
兩手空空踅進了歷史
在希臘之前，你們的
七聖音、豎琴，迷惑過我
你們的宅，無窗無光
你是柔土研製的陶人
將你的臉撥側在枕上
你的雙肩平貼在氈毯上

按捺成壁畫的正面律
瞳彩金褐，呼吸劇促
含族抑阿拉伯的苗裔喲
以我一身烈火加諸你柔土
金字塔太重，強盜搬不動
永恆太貴，誰也買不起
我獨攬你粗獷中的秀媚

輯三

錦繡前程

土地漸漸向下傾斜，沒入海水
山背上，愛丁堡籠在自己的霧氣中
港口船隻航行，或匯聚停泊在那裡
向牧羊人問明去克蘭蒙德的方向
一路向西，經柯靈頓再達格拉斯哥
山楂滿樹的花，野坪斑斑點點的綿羊
空中白嘴鴉，黑的炊煙升上黃的天幕

這煙看起來比蠟燭的煙濃不了多少
廚房，烹飪，最能慰藉羈旅者的心
我覺得已近目的地，循著仄徑探索
痕跡太模糊，不像有人慣常所走的
難道通向邸宅的路只是這樣一條嗎
很多石柱，柱邊便是沒有屋頂的小屋
顯然原來是有意要在此處建造大門的
沒做成，以草捆的樹枝代替鐵柵欄
循著這條踏出來的仄徑向房屋走去
樓上的窗洞，飛出一群蝙蝠，又一群
夜已開始，樓下三扇高高的窄窗有微光
這就是我要投身的魂牽夢縈的府第麼
靠了殘剩的暮色我才認出所謂的大門

那不過是佈滿汗跡和釘子的木板
心灰意冷，還是舉手敲了幾下，低頭
似乎整幢屋子突然變得死一樣寂靜
我的耳朵能聽出裡面壁鐘的滴答
確實有人在屏息估量著來者是誰
我喉嚨乾燥，也不願發聲，聽天由命
我來尋找的是高貴的朋友，錦繡的前程

夜糖

清澈的夜晚
南十字星座顯現了
靴子陷入了水田的淤泥裡
什麼味道，戰爭的味道
村子那一頭，黑暗中犬吠
進入墓園，圓錐形的墳
陶土加石塊的小祭臺

墓園裡香風香氣息息，好地方
墳垛可充防禦物
可是隊伍不停地向前去
穿越灌木葉，又過稻田
牢記人家教的，避開路當中
地雷是埋在那裡的
月亮升起就升得更高了
月光也有照在機槍上手表上的
邊走邊數步子
三千四百五十一，站住
挨個蹲下，跪倒，反而喘氣
閉眼側轉頭，舔得著露水
「你就是那個新來的吧」

不想承認
卻說：是的
薄荷味，誰嚼口香糖
一塊已塞到手裡
「別出聲，行嗎
別吹泡泡」
謝謝，行，不出聲

預約

走過奧臺斯孟街
一個耀眼的金髮男孩
從舞蹈學校出來
我與他並步，交談
醇和，慧黠，我不禁說
明天這時候，可以在
校門口等你嗎

「噢，今天最後一天
明天放假了，我去旅行」
那麼，祝你旅途愉快
他看我一眼，低頭說
「你別憂愁，我們將會再見」
在哪兒找得到你呢
「在舞臺上，首演的那天」
什麼時候呢
「十年後，看要看我的獨舞」
是，不看別人，只看你
「我找你，你坐在前排」
好，第一排，至多第三排
我穿度巴索羅絞圍地

從另一通道折進琅巷
到查特霍斯方場
走過聖約翰街
逾越司密斯園
直下契克巷和菲爾德巷
登上荷蘭本橋，至此
我混入人群，淡忘了這件事

沙薩

盒中十一支菸
沒有食物的境況下
靠它們來度過長夜了
八支完好三支折斷
取斷的勉強燃著
土地樹木天空發著寒氣
斫柴的斧子也沒有

走，枝椏觸打頭臉
碰著橫幹，摔倒，又摔
左靴刮破，後跟脫落
半小時過去，天更黑
林中儼然見小湖
湖不可怕，赤裸地在那裡
當地人說湖畔有木屋
不敢相信運氣，可是
人，已在原木搭成的小屋裡
點亮桌上的煤油燈
茶葉，杯，肉罐頭
成堆劈柴，鋸子斧頭漁具
就缺伏特加，心想

兀立不動十分鐘
抽菸，生火爐
上帝
那麼可以把土豆去皮
放在鍋裡煮起來了
上帝
那麼一切都過去了

莫斯科之北

我把一年中兩次
一次五月，一次九月
到阿爾罕格爾斯克
與沃洛果交接的
那個僻靜的小村去
看作自己最稱心的日子
傑庫莎，有點吝嗇的老太婆

只要收一長條香腸
兩公斤夾心糖果
就把大木屋的一個房間出租
並以我的教養為她的自豪
我不獵不漁，不採蘑菇
林邊，湖畔，悄悄步行
花葉無傷，鳥獸未驚
氣息聲音已攝入身體內
有時也摘一小籃野漿果
當地人認為我是個失意者
怪物，倒因而寬容了我
那就行，整天碰不到人
連人的痕跡也見不到

只要準確把握封煙囪的時刻
不致徒耗熱量，炭氣中毒
什麼事都別破壞一個個好夜晚
這座木屋是誰造起來的呢
天朗氣清，我多半生活在戶外
溫柔秋陽，斜照小湖
落葉的森林，一種博物館的感覺

屠格涅夫

俄羅斯六月，最後一日
天空淡藍平淨，片雲
沒風，片雲漂浮不散
鴿兒低呼，燕子靜飛
青草，煙霧氣味
少些松焦油、皮革氣味
溝谷深深傾斜下去

兩旁爆竹柳枝幹粗大
溪水沿溝而來，無聲
水底細石塊彷彿在顫動
遠處，土地和天空盡頭
整條大河流閃著紺青天光
溝谷那岸，簡潔糧倉
儲藏室，門戶緊閉
這岸，六間斜頂松木屋
引廊入口飾著鑄鐵小鬃馬
窗子玻璃欠平，折射虹彩
護窗板，繪著大瓶花朵
每所屋前，都有坐具
規規矩矩放了張完好條凳

且將馬衣鋪在溝谷邊，躺下
草剛割來，香氣令人慵困
如果把草弄鬆，曬乾
橫身睡在上面該是多愜意
沙爾格勒，聖索菲亞大教堂
城市街道萬頭攢動
算什麼，算什麼呢

雪橇事件之後

如果愛一個人
就跟他有講不完的話
如果真是這樣
那麼沒有這樣的一個人
回想起從前陪舅舅坐餐館
好像雪橇事件之後吧
鄰桌的食客們，不交談

整幢廳堂無聲息
等，等救星似地等上菜
如果愛一個人
就跟他有講不完的話
食客們，雪橇已到剛果河邊
一八二一年冬季來了
普希金擬往彼薩拉亞小住
驛站憩歇，等早餐
從口袋裡掏出紙片，寫
詩人多半是不用書桌的
一八三六年夏，波爾季諾村
這裡的野地多好呀
大片草原接大片草原

縱馬馳騁，盡興而返
趴在彈子檯上、長沙發上，寫
水，冰塊，陶罐果醬
如果愛一個世界
就會有寫也寫不完的詩
如果真是這樣
那麼沒有這樣的一個世界

在保加利亞

天氣終於暖和起來
維陀山潔白的嶺背
露出段段髒黑岩石
麓坡的葉林已呈嫩綠
我上屋頂露臺的次數多了
帆布躺椅，舒展身骨
低低的可坐的圍欄，俯眺

山巒和我之間大片田野
小河蜿蜒，兩邊楊柳初發芽
零落的農舍，廢棄的磚窯
覺得我已不再適宜旅行
每至一個地方，再壞也是
就這樣終老於斯吧
去年在波揚納，夏天非常突然
熱得路面的柏油融成黏糊
晚上涼風從弗拉達依山谷吹來
就像看得見似的，那風
沿著大路，直往城裡奔赴
到了我身邊還是清新無顧忌的
一碰著高層建築的硬立面

風便向後退逸，減弱
與城裡的汽油味混淆不分了
去年我是這樣過夏天的
伊斯克爾水庫，釣魚，曬太陽
那些都是隨俗的藉口
無論何方，都可以安頓自己
鄉愁，哪個鄉值得我犯愁呢

茲城・勒城

小城位於兩座高山的麓坡
頹牆連綿，古塔高聳
菩提樹貯蔭河沿
太陽剛落山的傍晚（六月）
我就在這小城中遊蕩
圓月從蒼穹投下幽輝
樓頂的風向雞轉動閃光

窗扉薄明，燃的是蠟燭
細枝（德國人以節儉為樂）
石牆隙伸出葡萄的藤蔓
廣場三角形（有井）
守夜人的口哨，狗叫
小城離萊茵河約兩維爾斯特
我的背倚在大榛樹身上
聖母小像從枝椏間悄然顯露
胸前，寶劍刺穿紅心
望望河流，望望天空
男孩們爬上那隻擱在岸邊的船
船底朝天（他們塗柏油）
另些小船鬆鬆地張帆駛過去

河水澄碧，浪，漣漪
此城「茲」，對面的「勒」
風裡大提琴聲，斷斷續續
忽然笛子放膽地響起來
這是什麼，學生們，從勃地至此
舉行 Kommers（宴會）
找到一個擺渡人，我過河去了

我的農事詩

中午，像農民那樣吃點麵包、奶酪
拿杯葡萄酒，佇立窗畔，坐落門階
紫褐的土壤，青翠的草地樹木
鄉間色調柔和，眼睛整日得以休息
偶有鴉啼數聲，除此別無擾音
烏鶺飛來啄食野枇杷，那是季節
我每日修剪山楂樹組成的藩籬

已剪了一半，心裡想著全部剪平
屋子下方坡面，八棵橡樹前年種的
該鬆鬆土，十月施糞肥，三月施鉀肥
當初周圍的村民聽說我播了橡實
指手劃腳嘮叨不休，無法阻止
如今我的橡樹每棵都長得好，很好
兩年未到六十釐米甚至七十釐米高了
到十月底，十一月，還將播下栗子
我發覺農民是憎惡土地的，尤恨樹木
只憑我單戶匹夫來崇尚泥層和植物
栗樹比橡樹更其長得快，真快
三十年枝繁葉密，一百年參天巨木了
只要耐性等待，幸我素以耐性著名

在這裡我一無所有，誰也不理會誰
只與那個青年有約，他駕車送肥料
幫我幹掘樹坑栽果木的重活兒
秋季，顯得長，楓葉紅，樺葉黃
下雨，道途泥濘，安心廚下烹飪
我視力上佳，能精辨物體的畸形異彩
可惜我是在以這種方式消磨時光

輯四

貝殼放逐法

古雅典民眾大會上
只要滿六千票
即六千塊陶片
就可對某個人
儘管他清白無辜
因此做出了
十年二十年乃至終生放逐的判決

一天天，我坐在旅社的露臺邊
予豈流離失所者哉
唯所思皆故實耳
希臘的塞密思托克利斯
波斯海岸
仰毒牛血以擺脫人生苦惱
佯狂欺世呢，也算不得腳色
睥睨任何裁制權
巴比倫漢摩拉比法典
羅馬法，拿破崙法典
美國清教徒法規
一切法律領域中的條款
平生行誼，略無沆瀣

暮色隨之降臨博爾格賽綠蔭區
羅馬的少男少女上街來了
可口可樂——只有帕潑西
黑人喝帕潑西
店主說附近海水河水都已汙染
他指指遠處灰白色的建築物
高聳入雲，周身沒有一個窗眼

生日

曾到過奧古斯答嗎
我在那兒當了三個月的兵
清澈的水面划船，划呀
伊佐角背面成片鹽田
田後有個小小的山包
山包之背才是我常去的
自十四歲起我愛西西里

十八歲，找到這迷人的所在
那時它還未被風俗侵占
沿岸荒涼，望不見房屋
海水像孔雀毛般地藍閃閃
正對面，變幻無窮的波濤
矗立著埃特納山，靜
森嚴，雄偉，神靈之故居
西西里的永恆，自有其特點
它愕然，愕然蔑視天命
我為此而輸誠於西西里
帶著從熱那亞弄來的海膽
一瓶埃特納山的葡萄酒
一些農家自烤的麵包

海面，船中，細嚼慢飲
人生於世，青春至上
那時我還不知道，沒聽說
唯西西里，這兒，最稱我心
那時我已明白，獨自快樂
遠處，持續的無名的歡呼
低沉而宏闊，偉大前程

黑海

黑海遠眺
誠然黑，海面
藍藍條紋，近沙灘
迷人之翠，晨
太陽升上，更上
彌望珍珠，隨風玓瓅
那叫什麼呢，那叫黑海

護岸堤上坐
雙腳垂浸潮浪中
清涼　柔和　大力
去他媽的黑海艦隊
去他媽的雅爾塔會議
去他奶奶的拜占庭
去他奶奶的欽察汗國
只要今日
早晨的克里米亞
孑其身，獨領黑海
直到夕照麗天
那叫什麼呢
那叫黑海之私有

愛黑海唯一的愛法

黑海廣四十六萬平方公里，連接烏克蘭、俄羅斯、格魯吉亞及羅馬尼亞。含鹽量為世界各大洋之半，一百公尺以下的海水不分解氧份，故無細菌存在。

普里茨道院

晴朗的上午，即星期日早晨
我騎了狄德里希張羅來的馬匹
啟程越過成片成片的樅樹林
並且不費多時就找著那位雕刻匠
畫框的邊條幾乎已經全部做好
只需拼起來四角加上飾物便可告成
師傅答應一切負責包裝安全運達

除此之外這座名城實在是大有可觀
海盜協會有施托爾特貝克爾的銀杯
它被稱為該城的第二個象徵
沒見過此杯，沒資格說到過漢堡
再如那條有鷹爪子和翅膀的怪魚
剛剛從易北河裡捕獲的，活的
聽人說這是擊敗土耳其惡賊的預兆
如果作為獵奇爭勝的旅行家
決不會放棄見識這種異物的機緣
我畢竟有急事在身，抑制好奇心
與老闆換了支票，結清帳目
中午，跨上馬背把漢堡拋在腦後了
當天傍晚我奔抵普里茨道院

向莊嚴的女院長陳述了我的來意
心裡暗暗認出她是蓋哈杜斯的妹妹
我長時間站立著，回答縝密的考問
她答應幫助了，讓我坐在旁椅上
俄爾修女遵命領我進入餐室
在那裡將我很好地款待了一番
然後，隨帶的信當面交給卡德琳娜

沙漠之德

致莫泊桑

布吉，廢墟的城市
初抵碼頭時
遇到歌劇說明書上的情景
往年沙拉遜人的大門
早已被藤草湮沒了

圍繞村鎮的密密林叢中
隨便發現斷柱殘垣
原來是羅馬壁壘，阿拉伯建築
在高地上租一間摩爾式小屋
外牆沒有窗子
天井灑下強光，屋裡通明
二樓的房間很涼爽
白天我都待在那裡
夜晚才搬到屋頂陽臺上
入境隨俗，養成了晝眠的習慣
非洲午後是呼吸不暢的時刻
原野，街道，杳無人影
管自己在有圓柱的房裡

放一張很大的長椅
那是用求貝產的織物做成的
穿阿薩姆裝
（也就是赤裸）
躺在極富彈性的墊子上
由於長期的禁欲
使人輾轉難眠
在沙漠中，什麼事都會發生
什麼事也沒有發生

兩種職業

哦，有兩種職業往往只能世承
燈塔守護者，他的孩兒，塔的子孫
自幼跟隨父親工作，塔內的機關
海的脾氣，四季天時變化，事事在心
一家常安靜，燈下共讀海員們的來信
恩謝燈塔使他們遇難而脫險慶更生
我曾探訪過數位燈塔的守護者

神色恬淡沉穩，恍如古寺得道的高僧
領我走上螺旋的鐵梯，講解詳實清明
燈塔是個巨靈，他是巨靈的忠實僕臣
我也曾在海船上眺望燈塔神聖的光
原來光束的形成投射如此的大有學問
燈塔的守護者從不進城尋歡作樂
畢生敬業，直到把燈塔交給兒子管領
哦，另有一種職業也只能代代繼承
劊子手，高執利斧，斫人頭顱如殺牲
他的兒子說：我曾四出幹活，不計苦辛
人們一知道我父親所做過的行當
立即將我趕走，用咒詛棍棒逼我逃命
我生下來可是個誠實勤懇的好人

我手藝求精，會寫能算，模樣也算英俊
卻被趕來趕去，末了，只能靠此營生
你有沒結婚，我撫著他的肩愛恤相問
他說，她只知我是樵夫，我瞞得鐵緊
每次聲稱要去深山伐木，帶著斧子上程
回來時在溪水中把斧子和血衣仔細洗淨
妻子懷孕，唉，我真怕生下來的是個男嬰

歐鯿

歐鯿是一種薄長的魚

捕捉很有趣，肉淡而無味

離城不遠的鄉村旅舍

十分土氣，非常之舒適

房間大，床也大，天花板低

泡鼓鼓的鴨絨被滿出床沿

好像有個深色的衣櫥

架子上掛著印花的厚棉巾
這是供來往客人使用的
幾件衣服都只不過放一兩天
整間房間發著橡木傢具的氣味
灰色的雲石壁爐上有鏡子
鏡子裡化作人形的歐鯿來了
像最不濟的老式電影蒙太奇
比較而言，我對狩獵更感興趣
釘在牆上的鹿，野豬，狍子
從被褥中起來，不說話
晚餐也不說話，不摸手
餐畢，去不去花園散步呢
那兒有株千金榆，有條長凳

坐著，我用手杖在地上畫圈兒
花園只是亂糟糟的深色樹木
欄杆的支柱像倒置的花瓶
月光照著窄而長的平臺
宛如撒滿白花的大墳墓
想起來多是多了一筆旅費
鄉村旅舍不算是歌劇的開頭

巫女

夜晚，忙完了整天的工作
和哥哥坐在樓下的起居室裡
爐旁桌上的蠟燭快燃盡了
荷蘭咕咕鐘響完十一下
我們的心神滯留於從前的生活
父親，母親，共度舒緩時光
總是不關窗子，望著全市的黑暗

哥哥把左手放在我肩上
右手指向外面的屋頂，市場
他說，你瞧你瞧，他們回來了
幸虧我們用沙礫泥土把路填平
他們吃完鑄鐘匠家的喜酒回來
從手裡提著的燈可以看出，嗨喲
簡直跌跌撞撞哪裡是在走路
舞蹈般的燈光說明喜酒辦得出色
這群人大聲嚷嚷拐進了攤販街
他們猜測巫女將要在火中叫唱什麼
燈光和身影遠去了，留下黑暗寂靜
雖然我原是想定後天才打點行李
哥哥勸我早走，這也是我願意的

不知為何攪起我心中陣陣的煩亂
第二天早晨，風信雞在朝霞中閃光
我大步越過市場，麵包師等待更多顧客
才知道今天要觀看燒死那個巫女
當我走到御花園後面的小路上
絞刑架豎起，易燃材料放進大堆木柴中
上帝啊，是接生婆老媽媽的妹妹的女兒

海

坐在樓上的斗室裡
望著時近黃昏的天空
夜色隨之冉冉降臨
該找個床位睡覺
哦，對面教堂的塔影
在向這邊窗子移近
鐘聲震動床架

我像是通宵數著鐘聲
終於黎明乍醒
第一隻雲雀飛起之前
我匆匆出城了
儘管來得這麼早
牧師已在庭園裡灑水
領我走完過道，開門
說是木板早已準備好
畫架和其他用具全部運來
可以在這裡工作到結束
不會有人打擾您，他說
您需要滋養一下身體的話
就到旁邊小室拿食品

於是門把上的手不見了
換了我的手，四周寂靜
這個房間很寬敞，沒有傢具
大概用來行堅洗禮課的
光溜溜的牆壁白堊色
窗外，越過荒涼田野
望見遠處的沙灘，海

望著蘇門答臘海岸

頭天夜裡船抵新加坡
曦色中就開始裝載貨物
吱吱嘎嘎，聽久了似乎也是自然
早餐後坐上人力車瀏覽華麗市景
馬來亞人土生土長卻不習慣活在城裡
中國人貌如溫厚骨子裡精明勢利
黧黑的泰米爾人打赤腳無聲地走得快

孟加拉人油嘴滑舌生意興隆
溜鬚拍馬的日本人陰險狡詐
似乎總有迫不及待的事要去做
戴了遮陽帽身穿白帆布褲的英國人
駕著汽車疾馳而過，漫不經心
再回到船上，港口的那陣子囂騷過去了
分外安靜，從肺腑裡感到舒服
船也徐徐駛經綠苔如茵的斷崖峭壁
進入主港口，這裡停泊著客船拖駁船
不定期的貨船。遠處防波堤外檣桅簇立
那是土著的帆船，密如沒有樹葉的森林
暮靄四垂，各種景象蒙上一層神祕色彩
船隻的活動好像都同時停頓下來

為了等待某種重大事件要發生
什麼事也沒有。離開新加坡的清曉
最可凝視的是那幾顆淡淡的晨星
在白晝正式降臨前它們次第消失
海面平淨如鏡，塵世的悲傷已無足輕重
倚著欄杆，眺望蘇門答臘低平的海岸
「起得早呵，抽支菸嗎」背後有人這樣說

兩瓶敏托夫卡

很快就到了那家餐館
巴拉塞爾水庫上的
其實是小吃部
只有烤羊肉串著名
東邊的院子，幾棵老樹
綠蔭下放著桌椅
侍者過來鋪上白布，站著

像士兵般腰桿筆挺
我早就發覺人們都很尊敬我
也許是尊敬我的車子
一份羊肉串，一瓶敏托夫卡
酒即至，羊肉現烤不能急
敏托夫卡濃度不高
司機們喝起來毫無顧忌
這種酒有時對人也是有害的
旅途太疲勞，心情激動
日光曬得太久，不管怎樣說
我已幾次品嘗這種酒
陣陣輕微的頭暈很舒坦
羊肉串不錯，配得上敏托夫卡

感到奇怪的是每次散步的時候
天上的雲彩一動也不動
清晰地映在湖面上
我的惡作劇是將會受到懲罰的
報廢的磚窯，還冒著煙氣
敏托夫卡喝到第二瓶
再喝就回不去了，我的車呀

威爾斯口音

野地裡開遍金盞花
棕紅的牛犢吃青草
燕子飛翔，我漫步
橡樹比白蠟樹發葉早
我跑向小溪上方的山坡
一直到頂都是岩石
藍的白的大片風信子

十幾棵蘋果樹也正開花
我躺下，好像躺了很久
日光將樹影遮住風信子
只有幾隻蜜蜂與我為伴
早晨，早晨的一吻
起先口音是帶威爾斯的清脆
用這樣的嗓門是否在挖苦我
我想，走吧，要完也是快的
男人自五歲始誰說沒有戀愛過
這次不同，這次不含糊
怎麼辦，以後還能見面嗎
早晨的景色都為了這件事，焦急
我的手被握住，徐徐上舉

吻我手，我就以口唇回報了
好比清晨四點起床的人
領略夏天早晨的全部蒼綠
鳥獸花木都怔怔地望著我
孩子，我們一齊為你高興
你也該用威爾斯口音說
今天夜晚，眾人睡後，蘋果樹下

大回憶

我曾經見過一個愛爾蘭教派的男人
他是愛爾蘭西部的銀行職員
他深信夏娃的蘋果即係水果店的蘋果
也看見了生命樹，枝椏非常繁密
蘋果表情靦腆，靈魂們在其間歎息
他將耳朵緊貼一只蘋果，聽見了什麼
裡面好像有許多人在爭吵，打架

他離去，漫遊到伊甸園的邊緣
發現那裡並不是荒原的盡頭
就如他在主日學校時教師所說的
伊甸園居大山之巔，高兩英里
整個兒成為牆壁環立的大花園
數年後，我得到了一幅中世紀的圖畫
正是把伊甸園繪成了山頂的花園
我曾經見過一個愛爾蘭的姑子，年輕的
剛從修女學校出來，她也這樣說
夏娃的蘋果就是水果店裡的那種蘋果
生命樹的最高枝頭有隻白色的戴冠的鳥
我回家後即入書齋從架端取下一本書
一本題名《隱伏的神祕大全》的譯著

我想那是我從未讀過的，便翻將開來
「生命樹是深知善惡的智慧的樹
群鳥棲息其上，靈魂與天使也混雜相處
一隻戴冠的白鳥占了最高枝……」
一八九七年十二月二十七日的記事
實錄我曾給某幻想家一套古愛爾蘭符號
大自然在做什麼，它在回憶，回憶回憶
回憶著回憶中的回憶的回憶

「神祕主義」該有貴族的和平民的之區分，索性說：東方文化是空靈的，西方文化是機械的。年少時，我一度很認同於威廉・勃特勒・葉慈，稍後見及他寫「世界末日」，什麼噴火的巨獸，螺旋的上升……哦，即使是一個鄉村孩童的幻想，也未免人云亦云，實在沒勁。愛爾蘭文士自以為風雅，應知伊甸園是天堂，天堂裡的蘋果竟與人間水果店中的蘋果是一樣的？而且天堂居然有圍牆，坐落在山頂上，這就不是神話倒是笑話了，東方人從來就把天堂與人間分作多種時空來想像，天有九重乃至三十三重，蟠桃千年結實，玉露瓊漿凡人是嘗不到的。故而我裝作虔敬其事取向於葉慈，骨子裡是盤詎他們的神祕主義何其因襲傖鄙，整個西方世界的文化都談不上「空靈」，這真是一大宿命。雖然我也感到、也覺察宇宙的性質和存在是一種回憶式的運作，勃朗寧、布萊克這些英國人，還有另些印度人，都早就感到覺察到的呵。大家都算不得「先知」，喔噢，亞當在牆裡吃蘋果，我們在牆外吃蘋果，所差如此而已。

吉普賽學者

吉普賽學者死了，啊
只有絕頂聰明的魔法師
才能活到他放棄生命的時候
人們看不見他，他還在遊蕩
在巴克夏郡荒原上施施飄移？
啤酒店枯乾的招牌之下
溫暖的壁爐前，長木凳

或許，到了巴布洛克碼頭
渡過年輕的泰晤士河
陰涼水波曳著他的白手指
沿岸鮮花，銀蓮葉片脆弱
夏露浸潤黑黑吊鐘柳
女孩子，從很遠的村莊來，五月
圍著費爾德的榆樹跳舞
河岸雜草叢生，啊脈搏
沿著自由向上的脈搏
這就是約瑟夫・格蘭維爾的遺言
1. 我們的頭腦的邊周是挪動著的
眾多頭腦能夠互相融合
迷離惝恍以成一個單獨的頭腦

2. 我們的記憶的邊周也在挪動著
分散的記憶是總記憶的無名粒子
3. 世界為自然的頭腦之若干記憶
在男和女的身上，在房屋內
在手工藝品中，信仰化為魔法
此項事實之荏苒消失也是事實啊
吉普賽學者死了，這毛茸茸的神仙

輯五

夏痊

在樹木不生的濱海平原上
一座外貌庸瑣的小城
始終被我視為難忘的故鄉
兩種受人稱讚的吉祥鳥
看來倒是與我的想法相同
四月，南風初拂，氣溫驟升
燕子必定隨風飛進城裡

鄰人含笑傳告，牠們又回來了
我窗外的小園已綻放紫羅蘭
更有桂竹、丁香、木樨花
夏日，天高雲淡，分外寧靜
城市上空盤旋著成群的鸛鳥
腳骨長，不宜林中生活
牠們在屋脊間築巢育雛
我每次回故鄉便發作慵困
整個肢體酥軟、銷融、流失
聽到的只是遠里蝗蟲唧唧
近處圍繞著花朵的蜜蜂營營
眼前像有藍色的蝴蝶翩遷
又見玫瑰紅的光線上下波動

層疊的夏日的疲倦征服了我
情人們將我纏住不放
稱我為遠歸的燕子，鸖鳥
我可並非年年如期賦歸的呵
既見，吉祥的是沛澤的肉身
高亢情欲，精鍊淪浹
夜間我清醒得金剛鑽似的

與米什萊談海

聽米什萊談海，與我大異其趣
他例舉有個勇敢的荷蘭船員
在海上度過他的青春和壯年
坦率地道出大海的最早印象
恐懼，他害怕這無邊的浩瀚的水
米什萊說東方人也都是畏於面對海的
東方人心目中海是苦難的漩渦、深淵

海的同義詞或類似詞是沙漠和黑夜
倘若有人落入海水，沉下去就不見光亮
混沌中的暗紅色也很快消失殆盡
偶爾閃過幾道燐光，整個習黑寒冷嚴靜
往昔最貪悍的航海家腓尼基人迦太基人
曾經夢想征服全球的那些阿拉伯豪傑
跨越地中海，再向前，不能不停止了
未及赤道就遇到彤雲密佈的黑線
深深歎息這是幽冥之國，進犯就是瀆神
我半信半疑，海就這樣的恐怖的麼
巨浪從北方帶著英吉利海峽的洋流
使足積聚起來的全部力量奔騰而至
格朗維爾原屬諾爾曼，很像布列塔尼

它以懸崖峭壁抵擋巨浪的兇暴衝擊
米什萊哪，我愛海比那荷蘭水手更甚
每日向晚遙觀紅日緩緩沉下平線
悲壯無言，生命如浪花，而我還活著
我是兩度海難的倖存者，深明海的啟示
愛海要在陸地上愛，登高山，瞭望大海
愛人亦然，萬全處，方可率性狂戀

兩月天堂

今年的夏季持續酷熱
難說南部常有這樣的天氣
夜間，埃特納山把白日積貯的
十五個小時的溽暑衝湧過來
路面的冷凝熔岩已炙成爛漿
黏糊糊的蝙蝠斷翅刮到臉上
我晃蕩在街頭，快要受不住了

遇見朋友，攔住我說：你聽著
你再呆在這裡會發瘋的
還談得上什麼就職演說
去奧古斯答，我有棟三間屋的房子
離海二十公尺，沒人，準備行李罷
一小時後你到我家來拿鑰匙
我徇從這個主意，當晚就動身
翌日醒來，碧藍海洋，極目無涯
港口夐不見人，景色全為了我
屋子固已陳舊，傢具應有盡有
廚房，幾只砂鍋，兩盞老式的燈
窗外石井欄邊四枝無花果樹
我進村找到這屋主的佃農，說

每隔三日，請給我送點麵包
麵條，蔬菜，橄欖油，別忘記煤油
我又租船，下午漁夫把船交給我
裡面還有個漁簍子，幾根釣竿
最少要住一兩月，兩月的天堂
每天，我高聲朗誦古詩人的作品
被遺忘的神祇的名字響傳海面

哈巴谷書考

拉封丹問人可曾讀過巴錄書
我要問大家是否見過夏枯草的角
上午剩餘的時間就用來巡視莊稼
也動手幫忙，因為島上農夫為數不多
時常有伯爾尼人三三兩兩不速而至
他們看到的是我騎在大樹的柯枝上
腰裡圍著一個裝果子的粗麻布袋

滿了，就用繩索墜下來，輕輕及地
這樣的活動，呼吸，舒坦的心情
使我們的午餐吃得很香，拖延得很久
別人猶在桌前，還是我先溜出去了
水面平靜，小船逕直划到湖中央
仰臥凝望長空，隨風緩緩漂移
夕陽真美，卻不能不是歸程的開始
離島遠，我得奮力運槳，趕回家去
如果沿著汀嶼的岸邊迂迴繞行
湖水清澈見底，岸畔濃蔭垂枝拂水
為何不躍身入水泳泅嬉戲一番呢
或者，有意步行於密密層層灌木林間
稚柳，瀉鼠李，春蓼，都引我細看

假使坐到長滿芊芊芳草的沙丘頂上
歐百里香，岩黃芪，還有苜蓿，兔子愛食的
那麼盧梭為何將巴錄書說作哈巴谷書呢
前者是次經，後者是聖經舊約的第一卷
因為他被狄維爾諾瓦博士攪糊塗了
晚餐後，天氣依然晴和，在平臺上閒談
希望明天不要變，也是同樣的快樂

北方的濃霧

在我肺腑深處有一片北方的濃霧
我出生時，哭喊，便吸入了這片霧
滿身憂鬱氣，遷徙的本能，厭惡生活
來到意大利的遊客都愛太陽，藍天
胴體，像用手擠壓葡萄，頓時液汁四濺
我不是遊客，遊客沒有我這許多怪病
人類的心是被利刃切開之後才博大的

我像中國族又像法國族，與阿拉伯族戰
戰勝阿拉伯族，我絲毫不感到高興
這是個粗獷的堅韌的生動潑辣的民族
晝午，他們睡在駱駝的肚下的陰影裡
抽旱菸，嘲笑我們顢頇狼狽的文明
你呢，也不屬希臘系不屬拉丁系
儘管我們想抵禦基督教，切齒號叫
基督教已來到這裡，痛苦，弄糟了一切
對於靈魂而言，世界實在還不夠遼闊
我想念種種壯麗的帆船雄媚的水手
有的水手發現了陸地，增廣生存基盤
有的水手別開生面尋找香料黃金和絲綢
有的水手從舷窗傳出故作驚恐的尖叫

捕獲魚蝦，成為富翁，就此脫離大海
我呀，我是獨斷獨行的覓珠者，海底
有種不可抗拒的吸引力把我拖向深淵
唉，我是醜陋的野蠻人，一片北方的濃霧
對生活的厭惡可以厭惡到各個國家去
阿拉里克洗劫羅馬我遲了一千五百年
羅馬沒有成為空城，我又額手為之慶幸

賣藝的背教者

不管別人怎樣說
我的本性就是賣藝的
倘若上天讓我生來更窮
我將是一個偉大的戲子
黃金的價值，我認同
更欣賞它的是光彩
如果是光彩的詩，詩

那就勝於黃金萬萬倍
更有海上壯麗的夕照
深園中銀錦的月色
古代的雲石雕像
慈悲而毒辣的頭腦
要說政治，好呀
我只懂得一樣東西
就是：權力……
我不問政治
除非古代的暴政
其中有些是很妙的
人的瑰意琦行
我自己也常常心血來潮

找個朋友東拉西扯
長期地，非常認真地
想去伊茲密爾
做什麼呢，想當背叛者
也罷，幾天後我離開這裡
再也不讓別人談論我了

梅德捷斯村

常見的教堂聳立在常見的土丘上
梅德捷斯村民卻都是猶太人
狹窄的泥徑，石子路，兩邊房屋
土壘的，圓木的，極少磚砌的
隨坡而斜下去成了平坦的綠草地
稍遠河流蜿蜒，再遠城堡型邸宅
法國式，炸毀屋頂，荒頹形同廢墟

一次世界大戰中那個貴族絕了後
梅德捷斯村鎮竟然保存下來
靠種地，到克拉科夫出售奶製品
昏暗的內室相差不多，房間小，爐灶大
笨重的維多利亞風的傢具，花邊簾幔
這是個什麼樣的地方呀，沒有商店
沒有路燈沒有電影院救火會
夜間下了場透雨，雨聲中睡夢安謐
晨起放晴，乾禾和甜熟水果的香味
經由樹林沿著河邊走，一片墓地
牛馬緩緩移步，悄然不聞聲息
草葉高挺，野菊在微風中搖漾
平流的棕黃水面，長腳蟲精巧滑行

魚鱗躍起，濺出水花，沒有人垂釣
那些窗子失了玥片，卻都有新髹漆的門
田野，村民們手拿農具默默勞作
若不以頭巾和鬍子作標識，男女莫辨
路上確實未見什麼拖拉機或汽車
奧斯威辛是鐵道主線上的中等城市
火車一停下，趕快向電話局奔去

奧溫先生那邊

這是個雜亂無章的小地方
長長的路穿過沙丘通向海濱
不用讓道，沒有樹木什麼的
沿途可見寥寥幾所平屋
三五相聚，也許害怕孤單
另有少數大樓房，獨占地盤
那廂，高帽舞廳，從前的電影院

賣炸魚的奧溫先生就在近處
再往前，三岔路口，較老的市區
五六十戶人家，兩個酒吧，一座教堂
百年來總想成為避暑勝地
清潔的鹽海，新鮮的大西洋空氣
海灣呈半圓形，柔滑的沙灘
像孩兒指甲根部的表皮那樣好看
稍遠的北部，簇立紅巉岩
高而粗礪，十來歲的男童爬上去
叫，招呼，以為自己真的在登山
八月遊客來，奧溫餐館生意不錯
九月初寒風掠過沙丘，人事銷聲匿跡
甚至短暫的夏季，石礫摸著燙手

多數遊客也寧願去更熱鬧的地方
其實呢，有些人對現狀還是滿意的
反正好強的青年都到外地城市去了
冬天，鹹腥的強風颳得流眼淚
海面瀰漫著寒冷的霧氣，波濤洶湧
扶著自行車，遠眺，白鷗迴翔
默默計算再過多少個星期又可游泳滑浪

六百萬馬克

弗朗賽斯科的拍攝技術挺不錯
我還待考慮是否就此與之合作
他胡謅些真理道德的老調調
自從留起長鬍子，那模樣
像個背相機的耶穌基督
人上了三十歲就不該見異思遷
朝維特爾博方向，我們駛入村落

弗朗賽斯科總難體會我的話的用意
他逢人便說平日常在寫詩，很出名
假如我也有個範內蒂式的舅舅
我早已成為詩國的乞丐王子了
可惜我舅舅，普通的火車司機
鐵軌一行行，終究無詩意
我們話不投契地抵達維特爾博
城牆，水井，十字形迴廊
年年九月三日，民眾大遊行
感恩神聖羅撒，結隊匯合
八十名健兒抬著勝利的紀念碑
弗朗賽斯科懶洋洋地啐道：做作
羅馬天主教的儀禮，十四世紀

今天說來當然全部過時，失實
作為掛著相機的耶穌基督呢
他哪能會有什麼計畫和遠景
頂多拍攝一部晦澀的故事片
少不了六百萬馬克，百萬美金
幻想是便宜的，抽象是昂貴的
我自有一套對付德國人的辦法

輯六

戰爭第一夜

明月飄移在天心，穿過薄薄雲層
照著地上合理的和不合理的事物
它曾以暗淡而有效的適度光線
為一隊隊灰軍服的德國青年引路
他們拖著疲乏的雙腿逾越波蘭邊境
現在歐洲已經轉過身來面向陽光
使德國朝野更靈敏地進行他們的活動

此時，月亮又以銀輝沐浴著墨西哥灣
彭薩科拉海港的觀賞平臺上人影幢幢
德軍總參謀部商討過利用月光的奇襲
而知者都說這是近年來最曼妙的舞會
報紙大標題，電臺激情廣播，張燈結綵
平時冷清清的彭薩科拉突然精神抖擻
飛行學員們尤其感到自己了不起
戰爭還很遙遠，無論在多偏的地方打仗
他們總是軍人，於是評議德國的進攻
很快就轉到身邊話題上來，例如馬戲
新的基地司令，近期飛行事件……
亨利中尉與眾不同，他確實關注戰爭
免涉航空、羅曼斯，談施里芬奪取巴黎

談毛奇對這一計畫的致命干擾
談坦倉堡戰役取勝是德國鐵路的功勞
談一九一四年與一九三九年戰場的對比
這就顯示出豐富的歷史真知和政治灼見
舞會中的有情人且莫說一句俏皮話
從這樣的交談中辨味對方，決定愛不愛
難忘的舞會，啊，戰爭發生在凌晨三點

《一九一四》

在羅馬機場的新聞招貼上
德蘇締結條約的消息觸目驚心
黎明前開車從錫耶納駸駸而來
渾然不知全世界喧囂著這麼一件事
意大利的陽光下我馳經古老村鎮
亞平寧山脈荒蕪的峽谷還很陰暗
農民已在碧油油的盆地上委婉勞作

現在見到機場這樣忙亂這樣嘈雜
旅客們把預定座位的辦公桌包圍了
滿地都是疾走的奔跑的人人人人
淌汗的搬運工推著大堆大堆行李
擴音器一直在雷鳴般地震耳吼叫
我買了幾份報紙，率先是意大利的歡呼
軸心國在外交上的壯舉解除了戰爭危機
巴黎和倫敦的報端，黑體通欄作標題
德國報紙特選紅色長型大字，喜氣洋洋
瑞士報紙別出心裁，一幅精彩漫畫
希特勒和戈林穿俄羅斯工裝戴皮帽
蹲身踢出高統靴的腳，那是跳舞
全身黨衛軍制服的史達林拉手風琴伴奏

唯比利時的報紙獨具主見，冷冷地
頭版顯著地位，幽靈出現：《一九一四》
哦，倘若面對一場政治突變就驚慌失措
那你不配呆在歐洲，又何必賴著勿走
慕尼黑會議期間啤酒還是淡悠悠
實際的災難總比預感的小，我要結婚
蜜月，世界不會在最近四個星期中毀滅

波蘭晚餐

紅禮服金飾扣的管弦樂隊
奏著老調翻新的爵士曲
綢幔，白桌布，水晶枝形吊燈
聞不到絲毫戰爭的恐怖氣息
今天大使館擠滿了簽證的人
只要舉得出一個親戚一個朋友
拿得出一封信或其他證物

立刻發給性命攸關的護身符
一本紐約電話簿，合二十美元
在華沙值一千個茲洛提
侍者送上菜單，與之兜搭
波蘭話難學，學起來不難
燻鯖魚味美，雞蛋弄得很別緻
小杯喝波蘭伏特加，一口一杯
這是歷史上的謎中之謎
三百五十萬猶太人移居到波蘭
支離破碎的倒楣國家呀
想想看，差不多有上千個男爵的政府
任何男爵都可對立法行使否決權
百年復百年就這樣湊合過來

難怪波蘭會不斷地裂界崩盤
猶太人只要能與個別貴族和調
就可以在此生活，耕作，做買賣
一四一〇年波蘭打敗過德國
而今德國已是工業巨霸，波蘭呢
停留在種地，城堡，瑪祖卡……
也許這便是臨別的最後晚餐

華沙四日

霍徹餐館的那張長桌是個訊息站
新聞前哨，外交小買賣的集市
今天這家熱鬧的餐館更加擁擠
銀食具碰出悅耳的清音，烤肉送香
喧譁四起，難說慣常卻有了變化
使館的武職各個制服嚴整
紅臉大鬍子的波蘭人突然起身走掉

英國紳士不出現，法國軍官愁眉緊鎖
唯丹麥胖子仍穿那身亞麻布套裝
華沙電臺叫嚷德國軍隊已被打退
哦，波蘭一片平原，像個大型的比利時
只有少數天然屏障，沒有真正的疆界
喀爾巴阡嶺脈被亞布隆卡山切斷
為捷克進犯克拉科夫提供了現成入口
攻破波蘭的全部防線只花了四天
虛偽的波蘭政客們不斷向人民保證
人民不知一千架飛機在地面上被摧毀
官方告訴騎兵：德國的坦克是紙糊的
肉身的士馬就給鋼鐵的履帶輾個稀爛
過去的四天中受盡破壞的華沙

僅剩教堂的尖頂矗指硝煙翻滾的天空
地圖上的華沙被粗粗的紅線圈住了
在橫跨維斯杜拉河的橋頭
聚集著掛出各國旗幟的使館汽車
華沙大約有兩千多名中立國的僑民
德國炮彈繼續呼嘯而過，落入河裡
拉科斯基上校和瑞典大使當路而站
向卡車載來的人們高聲指示，散發通知
美國人的領隊是位聖公會老牧師
每到交叉路口他都要停步，對照地圖
事後回憶起來簡直像秋季結伴旅遊
鳥雀吱吱喳喳叫個不停蟈蟈也噪成一片

OK

國務卿和參議院皮特曼就要到了
謝謝你來這兒一趟，能見面真好
以後有任何你認為我應該知道的
就盡快寫封信給我，別猶豫
要你繞開指揮系統，這個奇怪的建議
確是與你廿五年來的訓練和經驗相抵觸
無論你行將幹什麼，可寫信，莫打報告

我喜歡你上次寄給我的。幾乎看得見
潛艇基地到下午五點就沒人影的景象
這說明納粹德國的很多重要問題
往往一件小事，一塊麵包值多少錢
街頭巷尾的笑話，柏林上空小飛艇廣告
比幾十頁的報告還要含有更多的意義
當然，正式的呈文不可少，然而
這樣的閱讀實在太傷了我的目力
外國進行著的戰爭，我們絕對中立
我們買下瑪麗皇后號和諾曼第號
用來撤運歐陸各地的美國僑民
這兩艘船，可以給盟國一大筆救急的錢
我們得到的是豪華上等郵船，軍用財富

是海上同樣噸位的船隻中最快的
能以續航速度超過任何現有的潛艇
不必曲折行駛，哦，內部裝置拆卸了
載荷量特別大，你是知道的，你說得對
「慈悲的力量高出於權力之上」
我自己也是莎士比亞作品的最愛者
ＯＫ，走吧，保持聯絡，好運道

Captain

布魯克林基地，一派海港景象
驅逐艦成排停泊著，整齊，優美
科羅拉多號自首至尾燈火輝煌
雄偉的主身，塔大炮，瞄射前方
那種恬靜的感覺，像是回到家裡
抽支雪茄，喝杯酒才有的感覺
一艘戰列艦，是各種鋼板各種機器

各種時間各種空間配合起來的意思
構成許多形狀，取了許多名稱
戰列艦始終是海上最強悍的驍將
上千種不斷改進的容積、操縱、推動力
裝甲、武器設備、內部通訊、供應系統
上千種禮節紀律約束著全船人員
從艦長到勤務兵，一個自足的可靠實體
噢，腓尼基，羅馬，那時已經有戰艦
這是每個朝代的知識和技術的總匯
水面機械的綜合物，目的：控制海洋
我直接從軍官學校畢業走上戰列艦
也曾在較小的艦艇服務過那麼一陣子
畢竟我是深深烙下戰列艦鈐記的人

西弗吉尼亞號，作為炮術軍官，前後兩年
艦隊炮擊比賽，曾獲得米特鮑爾獎
臨陣作出加快炮彈傳入炮塔的辦法
成了海軍的標準條例——日夜盼望的是
戰列艦的副艦長，然後，哦，艦長
我不能看得更遠了，戰列艦的司令官
如同一個總統，一個帝君，一個教皇
當我跟著英挺的疾步前導的舷門傳令兵
走過纖塵不染的潔白走廊，心想
果若升為副艦長，我必沉默，說話簡明
在桅桁頂端獎旗飄揚之前，誰都恨我
這以後，我無疑是艦上最得人心的長官

錫耶納

啊，這正是我所企盼的長信
先跳過關於邁阿密的那幾段瑣記
專找斯魯特擅長的夾敘夾議
然後再從頭細細看，唯恐看完
噢，他留下的德文法文的書
一大堆，我已啃掉了三分之二
每日裡空思妄想沒有別的事可做

德國由於脅腹攸關的地理位置
人口、精力——自拿破崙敗績以來
他們無疑是歐洲最居心叵測的民族
認為受騙上當已有幾個世紀了
世界應該照他們的意志重新組合
心理變態，他們自己就動輒崩盤
自由主義的好德國，法西斯蒂的壞德國
都與接壤諸邦以及天主教有密切關係
這樣的講法我似懂非懂，自認不懂
新來羅馬的總領事，度量狹隘的小官僚
讓表妹離開此地，倒也是個辦法
涉及歸化問題還有技術上的困難
羅馬本地人都如是說，看來需要時間

我也得走，除了參加哥哥的婚禮
教父幾次催促，早點進潛艇學校
錫耶納，說來真令人厭煩，山是褐色的
葡萄樹被剪得只剩下汙黑的殘根亂枝
一九四〇年的賽馬到底默然取消了
天氣冷，時不時下雨，除非檸檬房裡
聞聞花香，喝咖啡，閉上眼睛……

中尉的祈禱

希特勒入侵波蘭之後
未來，是件可以想見的事了
不出一年，美國必定會參戰
軍人的前程是遠大的
也許被打死，斷臂，缺腿
在這次戰爭中可要飛行個足夠
運氣好，就會有優異的記錄

華倫中尉是信奉上帝的
上帝比傳教士說的要寬宏大量得多
能創造性和愛這樣奧妙的劇情
想像力豐富，決不會迂闊從事
華倫中尉坐在天花板高高的房間裡
凝望著單身軍官宿舍外的草坪
月色，寂靜……勝利後的旖旎風光
政治對於他愈來愈有吸引力
貪婪學到的歷史知識使他懂得
在戰爭中政治家才是領袖，軍人是工匠
他細心觀察來巡視軍校和艦隊的大人物
笑容可掬，目光憂慮，鬆弛的肚子
父親的野心也就是成為高級將領

中尉走到窗前，望著天空低聲祈禱

小時候跟父親上教堂經常這樣做

主保佑我通過這次考試成為海軍飛行員

假如我能活活經歷這場大戰

那麼，華倫對繁星閃爍的夜空笑了笑

好，那麼等著瞧吧——行嗎

中尉仰面做了個遙遠的媚眼

生命

來聽保爾・孟森講課的人出奇地多
總有二百餘名穿卡其軍服的飛行員
小課堂裡滿是氣色鮮妍目光機靈的青年
跟別的軍官一樣保爾是個驕橫的演說家
這時他向學員講授如何避免死亡
大家靜心諦聆，好像死神也在門外偷聽
保爾用幻燈圖解要弄許多專門術語

忽而幽默地血腥地穿插幾句閒話
什麼是在航空母艦上降落時的危機
接近艦身，生死關頭，撞了該如何動作
暗示聽眾可能會死掉，學員們大笑起來
這群擠著端坐的短平頭髮的小伙子
發出那種像艦上被服室的辛烈氣味
希特勒進攻波蘭的第二天，謠言四起
華盛頓下令將飛行學校的人數增加三倍
一年的課程縮短為六個月，全校如此
先應取得駕駛大型慢速巡邏機的資格
然後是偵察機，飛得相當不錯，很好
才能編入空軍第五中隊進行戰鬥訓練
眼下要同時進行巡邏偵察戰鬥的考試

名單明早公布，希望能進第五中隊
心裡迴響著剛才那堂二百餘人的課
保爾・孟森本來就是演說家，不可一世
飛機撞上航空母艦，剎那間該怎麼應變
他把足以叫人興奮的事件都講了個透
大家笑得嘹亮，這群短平頭髮的青年
發出一種像艦上被服室的辛烈氣味

斯維納蒙臺

陰晦下午，斯維納蒙臺船塢
低垂的烏雲醞釀著暴雨
度過柏林的悶熱之後，哦
波羅的海的東風分外涼爽
平坦荒蕪的岸灘很像紐倫敦
如果不理會旗幟和標誌
大國的海軍設置是難以分辨的

人們都不假思索地仿效英國
是它率先把工業時代引到海上
瀝青氣味，熾熱金屬，焊接閃光
起重機嘶叫，緊鉚器嘎啦嘎拉
一段段直的或彎曲的鋼構件
黃的紅的雷管在半空中晃動
巨大的敞棚車間，鋼纜，汽油桶
滿身油垢的男子們，硬殼帽
站在橫架上，用木料支撐船體
以免半完成的船體朝汙水傾斜
他們談話的當兒，汽笛響了
工人們從船塢車間裡湧出來
一忽兒就擠滿通向大門的甬道

海軍造船廠向來就有這個危險
每到下午五點鐘，趕快拔腳逃命
不然他們準會把你踩扁，踩死
碼頭，另些艇面的人員，短褲，裸身
把灰色的墊子鋪在起重機軌道邊
奮力摔跤，圍觀者齊聲喝采
落日穿出烏雲，紅光照著整條港岸

白闌干

明媚的卓午陽光
郵輪像火車般地前進
兩岸淺灘翠綠連片
陽光照著黃甲板，白闌干
不錯，這個國家真優美
布萊梅港和柏林之間
許多北方的小城

建築頗似英倫的都鐸式
威廉二世是維多利亞女皇的外孫
英國宮闈曾長期只講德語
要是說真的，德國人看英國人
比對愛斯基摩人還陌生
德國盤踞歐陸中心
這些令人心亂如麻的表兄弟
從四面八方衝出來
從樸茂的村莊，童話裡的仙境
從清淨幽倩的城市中衝出來
科隆，紐倫堡，慕尼黑，漢堡
這些彬彬有禮的音樂行家聖手
一下子都成了嗜血的惡魔

他們即使取得世界霸權
最終也要被滔滔臣民所同化
就像哥特人汪達爾人之成為基督教徒
就像微風吹過黃甲板白闌干
就像火車般前進的郵輪
翠綠的兩岸淺灘
卓午，陽光明媚

柏林留言

瞧這些雋爽多禮，誠懇幽默的柏林人
街道整潔，雕像優美，巴洛克建築莊嚴
花園，劇院，宛如處於郁郁的林海之中
縱橫的運河，雅緻的小船，尖巧的煙囪
正是這些精妙男士剛剛在波蘭狂轟濫炸
把一座與柏林同樣尊貴的古城摧毀殆盡
是呀，戰爭時期前後方的對比總是懸殊

拿破崙在國外攻城掠地恣肆橫行的日子
巴黎的嫵媚不減當年，益顯得風情萬種
《我的奮鬥》的扉頁，誰用波蘭紫墨水
開列了一批作者和文集的名單，斜體字
多半是條頓族的：費希特、阿恩特、雅恩
史雷格爾、魯斯、弗里斯、特賴赤克
門采爾、拉加德、朗本、史賓格勒……
范・登・布魯克、默勒、海涅、勒南
有幾個人物在現代文明史上容易碰到
像蛋糕切開後的一粒粒葡萄乾清晰可數
康德、黑格爾、叔本華、尼采、貝多芬
德國文化偉大機體——納粹主義是毒瘤
日爾曼思潮，浪漫，狂飆，國粹至上論

應推溯到公元九年，軍事領袖阿米紐斯
一舉將羅馬人永遠阻止在萊茵河的對岸
保全了歐洲腹地的聖殿，導致羅馬滅亡
至今還影響著整個歐羅巴的原旨和方略
不妨看看泰西塔斯關於此次戰役的描寫
好吧，星期四飛往奧洛斯，再去倫敦
也許途經里斯本，反正趕上什麼是什麼

輯七

《田野報》的讀者

各種球賽，拳擊比武，彈子房記錄
都能把我從百無聊賴中解救出來
有時會弄到幾份過期的《田野報》
讀之津津有味，不憚反覆，甚慰飢渴
彷彿又回歸春意盎然的英國鄉間
玉色小溪，飛螻蛄，草坪雄鹿
一群群盤旋在樹林上空的白嘴鴉

這些被我翻閱得破碎了的紙頁中
還聞覺濕土的暗香，沼澤泥煤的酸氣
大片青苔，雪點點，蒼鷺的遺矢
英國的新聞是可以念的，都可以念的
易惹傷感的細節由我自個兒去剔除
秋天的濃霧，海潮的鹹腥，也磨滅不掉
某些人有精究「鐵路指南」的嗜好
將無法聯絡的地區溝通之，以為消遣
我知道每帶隴畝的領主和雇農的姓氏
也知道總共宰了多少隻松雞、鷓鴣
訓練小獵犬的獵夫排名一個不漏
農作物的生長，肉類價格，豬的怪病
我都感到興味，讀來毋需用腦子

葡萄園亂七八糟，石階斷缺
變得無關緊要，只在我是否願意
完全可以憑自己的想像恣肆馳騁
哦，從露水淋淋的橫條籬笆上
摘下幾朵指頂花和剪秋羅
畫畫吧，別以高爾夫橋牌磨蹭時光
離開海軍部後，邱吉爾如是說

立陶宛公使館

聖誕前夕，傍晚彤雲密佈
我需要運動，呼吸新鮮空氣
報紙上看不到什麼消息跡象
俄國對芬蘭進攻，無足為奇
商店櫥窗裡擺得花花綠綠
服裝，玩具，酒和食品，都不賣的
帷幔後隱約透出節日的頌歌

想見燈光暗澹房間，裹著大衣
守著胡亂裝飾起來的小樅樹
喝淡啤，吃馬鈴薯、鹹鯖魚
一九三四年，一九三五年
我經常要到那裡去消磨時光
立陶宛公使館在馬查佩廣場
官邸安靜，和平又民主，戰後新興
語言雖異，比波蘭使館愉快些
我之所以過訪，早已沒有政治色彩
只是為了要見奧斯卡・米沃什
約他到街角意大利鋪子吃通心粉
我的作品被他從法文譯為拉丁文
談起依莎杜娜・鄧肯，謝爾蓋・葉賽寧

那個俄國小流氓在巴黎發酒瘋
米沃什當初借住我家時我還差勁
中學裡他比我高一年級，嚼口香糖
邊嚼邊向我講解他的投資設想
這個國家缺的是一座真正的跳蚤市場
像倫敦的波多貝羅，會迷路的
營造氛圍，招來各路擺攤的手藝人

瑞士

蘇夫賴塔旅館的古調逸趣
比舊朝的行宮更處處逗人幽思
房租著名昂貴，來賓有增無減
馮・哈里斯慣常選定此地安身
此次他去美國，房間委我駐蹕
我代表他出庭的次數也愈來愈多了
住客們在頂層玻璃大廳不約而聚

平臥曝日，凝神斂息，體態端正
毋使身子動彈，方顯得貴胄本色
像橫在烤肉架上的一具具木乃伊
他們認為曬脫幾層皮即增幾多歲
旅館老闆間或走來，這兒那兒清坐片刻
老闆的父親與他們總是熟識的
同寓者朝夕相見顧盼致意的那份風情
猶如在遠洋輪船的甲板上，餐廳裡
厚交數日，屆時登岸分手，概不在懷
急功好名的人想的是滑雪冠軍
聯邦議員，花花公子，粒子物理學家
唯我知足常樂，只待坐上一把交椅
再加一份差堪相應的收入，哦

躺在玻璃天棚下作日光浴是無疑的
但凡有影響的報刊電臺在耶誕前夕
素來不登載慘案噩耗或緋聞
酒吧女郎死也罷，半死半活也罷
這與此地神聖的節日氣氛格格不入
大廳裡的樅樹，民主政治的擺設
即使有小偷也必是個外來的富翁

偌大的花圈

十二月六日，星期三，很早就回家
閱了十一月十八十九兩天的日記
向拜占庭稱臣，以待占領君士坦丁堡
年復年年，朝朝暮暮吃喝，想入非非
我並不認為自己缺乏謀略走投無路
讀孟德斯鳩，與人打交道，論各國局勢
其實使我感興趣的是他們的生活門徑

我也讀海德爾的《關於真理本質》
街上的車禍比這冊書更吸引我駐目良久
九歲的埃利科說，動物院上空禁止鳥飛
那些籠子裡的鳥見了要絕叫拒食撞死
七月廿一日，星期五，夜十一點微雨
置身多奈咖啡館，飲坐移時俄而悚覺
以手勢示意，沒有半個招待走過來
去帳檯：一杯葡萄酒，半瓶聖佩勒里諾
忽聽得有人用蹩腳的意大利話向我致歉
她已會鈔——這是為了什麼，小姐
九月十四日，星期六，晚八點半，晴
務必到蘇夫賴塔旅館找馮・哈利斯
瑞士有影響的報刊密切注意著這件事

電車中眺見臥放在路畔的成排墓碑
等待買主的墓碑比墳地上的更哀頑動心
墓碑豎起，恰如郵票蓋印戳，就此註銷
電車人滿我被擠得糊塗直擠到緊底
旁邊端坐一位老太太，拿著偌大的花圈
她把半個花圈擱在我的膝頭上，安然
緞帶有字「我將永遠懷念你」像是指我

賽拉比吉號

暈船現象啟程兩天後的夜間解除
煩悶的心情第四天晌午煙消雲散
十天過去，覺得女客們並非全然醜陋
她們不再哼哈作答，言詞委婉起來
男士們一塊兒抽菸，交流旅程之對策
航線有多條，不期然公認英國為中心
大東線自南安普敦出港越比斯凱灣

入地中海經蘇伊士運河抵澳大利亞
而後分支，到印度到錫蘭到中國去
大美線橫渡大西洋直達紐約波士頓
這段航程最乏味，凡北美線都只如此
再有一條開往非洲海岸的定期班輪
西印度線可赴墨西哥古巴圭亞那
哦，法國人找那些產糖的法屬島嶼
老西班牙人尋昔日帝國的廢墟憑弔
新西班牙人中不乏印第安族血統者
沒準兒還有棕櫚葉作旗幟的南方公民
什麼才算遠洋輪船上的羅曼蒂克呢
餐廳只可能為一百名旅客準備食品
船上一百三十男女，未聞有齋戒斷食者

我早早把名片放在碟子中，退而守望
開膳前搖兩遍鈴，隔半小時，更衣整妝
天已變，覺出熱帶氣候來啦，是不是
男人家從來沒有因為孤獨而受罪
噢，夫人，我要說您在這點上大錯了
您的鞋子擠得您腳疼，您是知道的
別人的鞋子緊不緊，您就不知道了

西班牙的藹列斯

其實這裡已無任何悅目之處
對於物質的東西，向來看得輕
好些的，拿走了，又來拿了
她有這個權力，買是她買的
剩下幾面牆，一架大鋼琴
土紅半舊的維也納地毯
早就不再年輕，也尚未遲暮

四十歲，按說是男人成熟的起點
秉性謙韌，行誼徇達，幽默間作
因此生活上就沒有發生什麼困難
世界呢，酒館飲料莫非雷同
各地的夜晚，尤其天空，即使
上維芮托村，到耶里謝依原野去
過後便乖乖兒回舊址將息
以前我對旅行確曾非常之著迷
商務參贊的車從埃斯科里亞駛至
黃昏時分，天轉黑，落得萬家燈火
上了年紀的長相像德國人的女店主
呆愣未決，她說，你們想吃些什麼
我們可以到院子裡去嗎，太太

一張撒滿樹葉和鳥糞的木桌邊坐下
要藹列斯——顏色與白蘭地相仿
純正的西班牙藹列斯，香味大可喝彩
遽遽然喝了第二瓶，甚至品嘗血腸
恰如用油煙和毛毛蟲塞出來的
與保加利亞耶誕節的血腸根本不能比
還沒說完十句話，天就撲地全黑了
頭頂大顆大顆卡斯提里亞的星
下次可不能再那麼溫良，那麼仁義
人性雖有幾種好品質，依我之見
當大家都說你幼稚的時候
終究感到荒涼，希望從此老練起來

綠河口

福斯，費爾德，意即綠色的河口
瑪思卡賴洛河至此告終而入海
這條古老的水道被拖得精疲力竭
到了盡頭，流歸流，提不起勁來
兩岸草木寥落，平平淌進地中海
城市之陬無非荊棘葉，礫石堆
海灘浴間，漆著斑馬型的條紋

十月，時氣陰涼，浴間閒置已久
那邊地勢較高處是一條公路
路旁房屋挨房屋，商場食鋪咖啡店
彷彿爭先恐後都要向大海湧去
只是被街道擋住，才不致紛紛投身
夜，霓虹燈，海鮮館，三E酒
如果我住久了也會發現可愛的東西
我一宵要驚醒好幾回哩
這種三百六十天日夜開放的旅館
窗幔怎麼也算不得厚實
我選訂了車，司機年輕穩健
何去何從自己心裡也沒有數
讓他作主，沿著海濱那麼行駛

好像是離開福斯，費爾德
又不願大海在我的視野中消失
熟識的東西對我來說是一種依憑
陌生之感，等於是我被遺棄了
波多菲諾的老漁夫對我說
在他的一生中曾有過許多劫難
大半數是沒有顯露出來的

Sofia

輪胎發出輕巧的有節奏的碎音
像下雨，為了要聽聽加速之後
又急剎車的那個嘎然的制動聲
我猛地轉盤拐到所謂的林蔭道上
前燈照得一排房屋清晰如模型
我還不好算孤獨，引擎陪伴著我
汽車會洩出臭氣，但人也打嗝

喝了酸葡萄酒吃了蒜頭就要打嗝
此時，只有索菲亞旅館餐廳還開著
泊車於廣場，熄煙斗，置身電梯
心已平靜下來，其實勿去餐廳亦可以
我豈輕易買醉嗒然若喪之流哉
穿過大廳，低頭疾步，找最裡的座位
我的心還未全然平靜，而且空洞
要什麼呢，意大利的白爾慕特
稍帶甜味，個性模糊的市井飲料
這種酒實在不值得一顧，可是這麼晚
再有什麼好講究——我環眺四周
餐廳杳無人影，寂靜已退入窗帷襞襉
冷盤小牛肉，算是本地風味

又要了杯白爾慕特，要了杯純威士忌
免加冰，飲完後身上有點暖洋洋起來
我多半是個酷嗜思索的懶漢，對於音樂
天體演化，太空物理，一任逍遙失歸
馬德里驚豔索菲亞巴黎驚豔各不相同
要說真正的卡斯提里亞之夜卻是見過的
曾記得我坐文化參贊的車往回走，晏了
我們踅入的那家餐館又骯髒又破舊
沒桌布，地上骨頭蝦尾，燈影幽幽搖晃
幾個築路工人靠在吧檯前，青春彪炳
耀眼的身材，看得出是喝多了，帥極了
按照西班牙人平常的酒量而言，規矩
他們相當守規矩，知道生活應該和諧

我認為包括藝術，自然的本質是和諧的
如果沒能在某種事物中找到它的和諧處
那，要麼它欠完善，要麼我尚未理解
近來發現我所做的蠢事熟練得接二連三
滿以為自己在往家裡走，匆匆地，結果
闖進了前妻的花園，薔薇開得正茂盛哩

羅馬無假期

羅馬，二戰時號稱不設防的城市
而今對我處處設防，務必精心斡旋
車子開得快，景物更迭，我茫無所見
即使是來不及拿到航空脫境的津貼
口袋裡已平添三筆錢，一筆作整容
另兩筆，支付希拉赫皮森蒂他們
鈔票之美，美在兩面都沒說明來源

我首次感到擺脫物質困窘後的颯爽
身邊還有為期好幾年的旅行護照
范芮托街的那家大客店人多眼雜
換到拉齊亞諾勒街的這家較為妥善
順手取得轉到玻利維亞的簽證
預定了去該國首都的頭等艙飛機票
十二月廿四日星期天，普天同慶的佳節
好處在於辦理各項手續免於拖泥帶水
車子顛簸得厲害，這段路實在不像話
海岬的崎嶇使我打起精神來駕駛
瑪斯卡賴洛河口，望去這樣的黑洞洞
河對岸酒館，幾許微弱的淡黃燈光
漁夫們在喝酒，吹牛，我亦該回旅館

風聲壓過濤聲，濤聲又蓋過了風聲
車子緩行於沙礫和荊草上，天涯海角
就這樣一個人什麼都得從頭來從無到有
舉凡天才都是行動家，把意向付之實現
萊辛譁然答道：拉斐爾即使沒有雙手
他也會成為永世頌讚的大畫師
構思宏偉已極，那麼更宏偉的是完成

倫敦

你如不睡，就發現城市也沒睡
河濱路和艦隊街的店鋪燈火輝煌
戲院子，載客的運貨的大小馬車
考文特花園附近的忙亂，狎邪
風塵女、更夫、醉漢，厲聲怪叫
勿管什麼夜晚，勿管什麼時刻
步行道，人群，灰霧，泥濘

陽光照著咖啡店，舊書店，圖片店
在書攤上討價還價的清癯牧師
從廚房裡迂迴飄出來的濃郁湯味
倫敦是不閉幕的默劇不散場的舞會
豐饒的生活使我走在街頭流下淚來
把心投給市景，真可謂一本萬利
我的相好也都是當地產的，純種的
我誕生的房間，傢具什物歷歷在目
那個隨我到處搬移的書架，忠實
像條狗，不過它更有學問些
居室暗暗，亮的是通衢，廣場，老學校
老學校裡有幾塊上我曬過太陽的地方
我也曾去克爾克萊尋訪新婚的兄弟

又從愛爾蘭回倫敦繼續找自己的運氣
夕陽映著枯枝，高樓之鐘一句句報時
怎麼這些屋頂這些煙囪好像，有點像
監獄圍牆上的雉堞，它們自己沒覺得
而大自然之愛，長暌久疏畢竟消淡了
城市人的迎拒，離合，周旋，難解難分
對於我是永遠新鮮，綠瑩瑩，暖烘烘

予嘗著〈狹長的氛圍〉，奢談了疇昔中國小街的詭譎可愛——讀者為誰，先想到韓波，這個亞當時常心不在焉，於是轉念蘭姆，我對查理斯・蘭姆所知甚少，本能地感到他會喜歡這種「小街」，後來，才得悉他與我一樣不太在乎大自然。二十世紀就這樣末了，再到倫敦沒有什麼可看了，住也只好住在勃朗斯旅館，他們把上世紀用來暖被窩的長柄銅斗，掛之大廳作壁飾，這算懷舊呀，倫敦也真乏了。泰晤士河岸鑄鐵的燈柱是故物，傍晚，商人們從金融大樓中散出來，到船上喝啤酒，我混入商人叢裡，像一片甲骨文掉在大堆阿拉伯數目字中。啤酒我也喝，河風拂面，仲夏，天快夜下來的半小時。

Renaissance

駕車去錫耶納路程三小時
順著轍跡可循的彿道向上駛
這個怪誕的村鎮以前我來過兩次
鎮上全是赭紅色的城樓、雉堞
狹窄的街巷彎彎曲曲，忽明忽暗
中央華麗的教堂，座落小山之頂
周圍成片綠色，托斯卡尼葡萄園

使這地方著名的是仿拜占庭建築
再者每年的賽馬，據說很有自己的特點
那麼為什麼要反對意大利文藝復興呢
不相信大衛長得像阿波羅
摩西也不可能貌若邱比特
聖母瑪麗亞膝上的孩子是借來的
他們忘其所以地把聖經上的猶太人
變成當地的意大利人，攀親希臘人
異教和希伯萊精神並非敵對
不知怎麼一來，短期內同體繁榮了
文藝復興是四個單身男人的自我完美
留存豐饒遺產，無胤嗣，空有狂熱信徒
我到三年級時就選修了美術

運動員往往會看中這門課程
平素不做作業，缺席半數以上
那年月我租的房子俯臨亞爾諾河
黃濁，蒜氣熏熏，下水道穢臭
來佛羅倫斯後改掉喝啤酒的嗜好
擊劍，我都進入決賽，儘管如此
考試的劣等成績，使我大吃一驚

Bulgaria

而那正是寥廓明淨的曠野
紋絲不動的樹木使我陶醉
翌日清晨，沐浴後獨自行去
古老，幽靜，沒有鳥雀啼聲
一直走，向金色大戟花的深處
林中空地，燦爛陽光，站著
又怎麼樣呢，只好回旅館寄身

咖啡廳設在頂層，廉價的
平庸的白蘭地，除此別無選擇
我喝得多，慢，窗外日影遲遲
喝得愈多愈感到自己愚蠢和膽怯
晚上咖啡廳關門，轉入臥房
矗立在窗前的松枝芳香習習
說到底一個人精神是否失常不打緊
重要的是生活舒適，無所企求
德國旅客都穿短袖衫戴鴨舌帽
他們饒有興趣地望著我，頗示敬意
算了吧，今天第三天，末腳一天
明天走人，可是為何非要等到明天
時候還早著，山間的峽谷陰暗如夜

清掃工她們在快樂地囉嗦
用濕濡的拖把使勁擦洗涼臺
想什麼呢，最好的辦法是就近信步
只要願意花上幾分鐘的時間
聽住民們談話，日常瑣碎的對答
便能使自己醒豁，澹蕩
等同於一介孔武有力的凡夫

《廚房史》的讀者

人是各色各樣的
故欲投其所好，煞費周章
鑑於上述原因
在斯特雷納先生的酒吧中
我自個兒坐得離眾較遠
又注意位子莫距帳檯太近
以免誤會甘與粗鄙溷跡之嫌

先來杯檸檬汁
選定煙燻鱒魚時關照一聲「要清淡」
對鹽漬鱣魚子，問「是褐色的嗎」
世上沒有哪個侍者會說鱒魚的鹽放多了
也沒有侍者預報鱣魚子漆黑如深淵
這些要求（明白而得體）
我素不挑剔，並非難以奉承
白葡萄酒太冷（做作）
紅葡萄酒過熱（肉麻）
飲食之道，世襲而先驗
總得叫侍者來回跑幾趟
最近我買到了原版的《廚房史》
內中頗不乏聞所未聞者

飲食也曾有它的宗法制
公元後四世紀
格拉蒂阿努頒了道諭令
凡出身低微的死罪犯
臨刑前取消美餐一頓的慣例
奧古斯都皇帝又詔另類立法
他給稍及品流的犯人保留了這一頓
噫，知識陷我於悲觀
自從讀過《廚房史》
每當坐入酒吧，恍惚
恍惚絞索之下的活祭奠
幸而我別有《巴伐利亞廚房十日記》
載明慕尼黑小牛腿煮譜極其完備

（請原諒我再吹幾句）
區區藏書目錄中
單是五種文字的烹飪術有兩百本以上
平時，我食少，也非軍機煩冗
就像心存雙份厚愛，已無一個薄情人

儲蓄俱樂部會員

上儲蓄俱樂部打牌，輸了
喝啤酒後回家，有點兒過量
神志反而清醒得海闊天空
竟悟出整套戰略戰術來
凡臨大事，主意必須自己拿
我決定再度藉重福諾韋克
德國人，使我憶起蘇彼得少校

心心相印，哦，瑞士人可喪陰騖哩
他們根本無所謂理想主義
就說新近出現的岑伯赫吧
乍見很像電視中的網球名將
交談之下，他那條如簧巧舌
實在與猶太騷儈沒有什麼差別
沒錯，我不該在這個時候輸錢
也只是星期三，才上俱樂部
這算我唯一散心的去處
歸途穿越黑爾納斯大街
霰雨霏霏，真叫陰冷徹骨
街燈如鬼火，身後有腳步聲
我斜刺裡入仄徑，轉岔路

四罐啤酒，不算多，能平安回家
家門口我還蹀躞，尋思
想到了他，哈比希爾博士
在此公面前我可以暢道私衷
眼下同屬一個俱樂部，熟人嘛
他不會向我要價太高
他太有神通為我化險為夷了

丹・伯克小館

河水蜿蜒流向都柏林，幾處波光閃爍
城市燈火翕皇，照明天空靉靆的積雲
一列貨車駛出金斯站臺，汽笛聲聲
像紅頭的長蟲穿破黑暗又沒入黑暗中
查佩利佐德橋畔電車頂風輕嘶而過
街面人跡稀少，乾枯樹木落盡葉子
小酒店老闆諂媚地端上飲料，不說話

工人們討論著基得爾郡莊園的經濟價值
四年之前，嚴寒的夜晚，鹹肉剛欲入口
瞥見水瓶後的郵報，謠言終於句句證實
鹹肉放回盤子，侍應生問是否味道不對
四年過去了，生活恢復常規，父親逝世
樓窗外，城基的廢棄酒廠擋住視野
每天乘電車繼之徒步，這又怎好算命運
黃昏，踱越公園，手杖點響石子路
多半是喬治街一帶適度地買醉、即食
在自己的心中組合幾個關於自己的短句
主語必是第三人稱，謂語要用過去式
就如這杯淡啤，再加那碟竹芋粉薄餅
丹・伯克小館可以避免空泛攀談的麻煩

愛莫札特，不入教會，聽女房東彈鋼琴
隨時隨地贊成別人改過自新仳離無音訊
麥努斯教義問答手冊仍然擱置書架頂層
親戚死亡，護送遺體去墓地，獨自回家
沒有夥伴所以也沒有冒險的事情發生
不均勻的呼吸，接下去要變為歎息了
非常寂靜，再一次傾聽，還是非常寂靜

都靈

雪落在卡里尼阿諾宮的暗紅牆上
雉堞，窗櫳，門楣，雪已厚積
焦貝爾蒂的雕像矗立廣場中央
雕像並不出色，變得可謂壯麗了
看看表，五點，宮牆次第變黑
沿街連拱廊下漫步，廊外，雪和雪
旅遊俱樂部的導遊手冊上諄諄說

都靈的沿街連拱廊長達十四里
世界上哪個城市能出手如此豪邁
也許博洛尼亞，也許帕多瓦，能嗎
比不上都靈這麼高大，寬敞，優美
走著走著夜色愈見濃重，到了街角
芬查里諾路和維托里奧路相交處
我從來承認，布爾喬亞的都靈，哦
十九世紀的都靈，以這個街角為界範
連拱廊始於河岸，斜坡過市，至此匯攏
這條路的最後一段漸漸慘澹荒涼了
監獄，聖保羅地區，工人，廠房……
經過這麼多年，好像上帝造就安排停當
資產階級的都靈和工人的都靈沒有鴻溝

十九世紀和二十世紀，也沒有鴻溝
我原先覺得芬查里諾路和維托里奧路
相交的這個古老街角是引接大海的棧橋
一條在黑夜中通向未來白晝的甬道
現在，面前的，大海已堅決化作陸地
布爾喬亞心甘情願委身於普羅的都靈
任憑怎樣說，銀花紛飛的初夜到深宵
為了排遣憂悶而沿著連拱廊走的男子
無論是資產者，或工人，或什麼都勿是
到了芬查里諾路和維托里奧路相交之處
總要不由自主地佇立一會，想一些事

山茱萸農場

唯不列顛人正確
早年，我服膺了這句話
一所英國公校把我熨得平平整整
旋踵入劍橋，國王學院卒業
一九三九年漫遊西歐，逛了大半個美國
華彩的，警策的，趾高氣揚的篇章
至此顯得儇薄，盲從，嘐嘐然苟安寄生

沒有比雨點般的炸彈更促人估價自己了
夜晚獨坐在倫敦寓樓的起居室裡，結論
我的成就還幾乎等於零
滯留中東的整個戰爭時期
頻頻夢見童年的河流，村莊
這種願望又被沙漠景象所加劇
直到我軍進駐希臘，驟爾滿足
雅典古蹟美，自然風光美
人遇人，簡明醇穌渾穆
不意部隊在英國解散
要麼株守物質和精神的基地
作個無效率的人
要麼轉返故土，附麗於日爾曼宗祧

說實在，倫敦的餐館我已厭惡之極
軟哚哚甜膩膩的燉馬肉，唉，回吧
回卡斯爾山買下一個農場，蒔花種菜
飼養德國小獵犬，薩納山羊
居有頃，我又感到不對頭了
四陬伸延著澳大利亞的莽莽曠野
在這裡，思想最卑賤，富奢才是人
漂亮男女用毫無判斷力的碧眼搜視一切
人的牙齒像秋天的樹葉般地掉落
汽車後部的玻璃每時每刻在增大
只將肉餡餅T骨牛排奉為好食品
強健的體魄稱王稱霸
我素未在作畫和作曲上受過挫

慣常賦予我的文句以美感樂感
委拉斯開茲，葛萊珂
西貝柳斯，馬勒
如果我光是坐在賽納河左岸
自然的世界和音樂的世界都不來昵媚我
藝術奇葩，沉默中更易綻放
行年四十又六
在國外虛度二十春秋
畢竟又想起卡斯爾麓坡
山茱萸農場，方圓六英畝
多說無聊，尚不免稍作解釋
純淨和沖虛的境界未必可能而值得嚮往
頹唐與失敗卻為渺茫的探索提供了途徑

曾接見一位練達而癡情的記者
他笑道，如果回去，如果你再回去的話
各種臉色，膚色，髮色
會源源不斷湧上你的調色板
終於他的話啟始應驗，紛至遝來
年輕人的信，各有一番酕醄的交淺言深
這位旅行雜誌的記者亦悄然投書
他寫道：若使只眷念家園純美
那是涉歷有限，鑑賞欠精
待到每塊陸地都好像自己的國土
就快要成為強者了
隨後將整個世界看作淡漠異鄉
庶幾乎形而上上，爐火終於純青

我答覆從簡，疏宕之性難改
至今約略記得末尾兩句，如下
虐殺沙皇全家，我未與謀
尼古拉二世的葬禮，我也不送櫬

附錄

約翰・巴哈（J.S.Bach）去世時，出版的作品未滿一打，其聲名遠不如他的兒子卡爾・巴哈（C.P.E.Bach），而當時的樂壇巨擘是泰勒曼（G.P.Telemann）。

約翰・巴哈的晚年處於十八世紀中葉，「巴洛克」已近尾聲，「古典」隱約在望，多旋律的對位作曲法被認為陳舊迂腐，流行走紅的是單一旋律的和聲作曲法，唯巴哈繼續用嚴謹的對位法為教堂寫清唱劇。

時至今日，往昔炙手可熱的泰勒曼和卡爾・巴哈早已暗淡，約翰・塞巴斯蒂安・巴哈光芒萬丈。

音樂，經巴洛克、古典、浪漫、現代，迍邅如儀，輩有天才領風騷，若就改革的幅度而言，允推荀伯格（A. Schöenberg）為先鋒，一九〇八年他發表了無調性的《第十一號鋼琴曲》，徹底揚棄大調小調的宗譜，在無調性音樂中和聲的進行沒有一定的規則，不協和絃毋需解決。荀伯格還發展出一套條理井然、嚴密如數學的「十二音列系統」，從紙面上看，很美，用耳朵聽，難受。

垂暮之年的荀伯格說：「我心中經常波濤洶湧，渴望回到以前的風格，有時竟致難以自持了」。七十歲，他寫成具有傳統調性的《C小調主題與變奏》。他曾一腳踏碎音樂歷史的基石，前衛，激進——沒落而消淡。

J.S.巴哈並非保守，寧是邁跡，他只認為自己的作曲法適合自己，寫好，寫透，就是他的「完成」，而與巴哈同代的音樂家終究沒有寫好，更無論寫透，姑且稱作為「行過」，紛紛行過，紛紛。

關於《賦格的藝術》，卡薩爾斯（Casals）說：是巴哈音樂思想無可比擬的里程碑，我們幾乎不敢信以為真，彷彿他有意告訴我們：讓你們看看，我是怎樣的人，我能走多遠。

二〇〇〇年

木心作品集——

偽所羅門書

不期然而然的個人成長史

作　　者　木　心
總 編 輯　初安民
責任編輯　何宇洋　施淑清
美術編輯　黃昶憲　林麗華
校　　對　何宇洋

發 行 人　張書銘
出　　版　INK 印刻文學生活雜誌出版股份有限公司
新北市中和區建一路249號8樓
電話：02-22281626
傳真：02-22281598
e-mail：ink.book@msa.hinet.net
網　　址　舒讀網http：//www.sudu.cc

法律顧問　巨鼎博達法律事務所
施竣中律師
總 代 理　成陽出版股份有限公司
電　　話　03-3589000（代表號）
傳　　真　03-3556521
郵政劃撥　19000691 印刻文學生活雜誌出版股份有限公司
印　　刷　海王印刷事業股份有限公司

港澳總經銷　泛華發行代理有限公司
地　　址　香港新界將軍澳工業邨駿昌街7號2樓
電　　話　(852) 2798 2220
傳　　真　(852) 2796 5471
網　　址　www.gccd.com.hk

出版日期　2012年7月　初版
2018年9月25日　初版二刷
定　　價　260元
ISBN　978-986-5933-15-9

國家圖書館出版品預行編目資料

偽所羅門書／木心 著；
--初版, --新北市中和區：INK印刻文學,
2012. 07　面；　公分.
ISBN　978-986-5933-15-9（平裝）
851.486　　101010554